Moto jashin tte honto desuka!?

元邪神って本当ですか!?

万能ギルド職員の業務日誌

3

[Author]
紫南
shinan

[Illustration]
riritto

パックン
何でも収集する
ミミック。
神様時代のコウヤの
眷属で、
現在は従魔。
ダンゴ
迷宮を管理する精霊。
パックン同様、
コウヤの元眷属で
今は従魔に。
コウヤ
辺境ユースールの
冒険者ギルドで働く、
邪神の前世を持つ少年。
今の仕事が大好き。
ルディエ
聖魔神の神子《みこ》。
以前は伝説の
暗殺者だった。

登場人物紹介
ジルファス
トルヴァラン王国の第一王子。父の病を治す薬を求めている。
「霧の狼」の首領
盗賊団を率いている。何か大きな狙いがあるようで……
タリス
伝説の冒険者兼ギルドマスター。コウヤの良き後ろ盾となる。
エルテ
サブギルドマスター。エルフの血を引いている。

特筆《とくひつ》事項①　盗賊退治《とうぞくたいじ》の依頼を受けました。

大陸最北の地にある辺境の町ユースール。人々が最後の砦《とりで》として流れ着くその地に、新たな教え『聖魔教《せいまきょう》』が正式に誕生したのは、つい数日前のことだった。

この大陸に広がる『神教会《しんきょうかい》』は今や治癒魔法を高値で売る悪徳教会となってしまっていた。このユースールにもその教会があったのだが、隠居《いんきょ》していた元神官である三人の老婆《ろうば》達によって半《なか》ば乗っ取られたことで、まともな教会に変わった。

その老婆が新たな司教、司祭となったベニ、セイ、キイだ。彼女達の人柄《ひとがら》もあり、ユースールではあっという間にそれまでの『教会』のイメージが払拭《ふっしょく》された。今では、怪我の治療《ちりょう》のためだけでなく、悩み相談や、懺悔《ざんげ》などもしに住民達がやって来るようになっていた。

「この世界には四柱の神が存在します」

ベニが聖堂に集まった人々に、神についての話をする。朝と夕方に行われるそれは、何度行われても、誰一人として、この話はもう聞き飽きたと席を立つ者はいない。嫌な顔一つせず、ベニの声に聞き入るようにして穏やかに耳を傾けていた。これには、ベニの持つ神職最高位の『大神官』と『大巫女《おおみこ》』としての力が影響しているというのは、ベニ本人でさえ今はまだ気付いていない。

そんな様子を、冒険者ギルド職員の少年――コウヤは教会の設計図片手に見ていた。

「主神《しゅしん》である創造《そうぞう》と技巧《ぎこう》を司《つかさど》るゼストラーク神、戦いと死を司るリクトルス神、愛と再生を司るエリスリリア神、そして、魔工《まこう》と聖魔を司るコウルリーヤ神」

これを聞く子ども達も、もう四神全ての名を言えるだろう。言えるようになることを競っていたこともあった。

「神々は、時に地上に降り、直接人々へお声をかけておられた。そして、中でもコウルリーヤ神は、地上を遍《あまね》く回り、秩序《ちつじょ》と理知《りち》、善と悪……正しい行いとは何かを説《と》いておられました」

ベニは、時に子ども達にも分かりやすいように、学のない者でも理解できるように説明していく。

「しかし、人々はその考えに反発しました。何かを欲するために奪うことの何がいけないのかと、貧《まず》しい者達は怒り、立場を使って富を得、弱い者を見捨てることのどこが悪いのかと反論したのです。そんな人々の反発する想いによって、コウルリーヤ神は心を病み、邪神《じゃしん》と呼ばれる存在になってしまったのです……」

新しい教えを説く教会として生まれ変わった『聖魔教会』は、今まで語られることのなかった邪神についても、こうして丁寧に説明していた。

コウヤとしては、自分のことを話されているわけで、少し恥ずかしくもある。そう、コウヤこそがコウルリーヤであり、かつて邪神と呼ばれた存在なのだ。

秩序と理知を説いていた魔工神に、人々が欲や業《ごう》により反発し、邪神としてしまったこと。その邪神を倒すために人々が戦った『神威《しんい》戦争』についてと、その後、他の神々が怒り、天罰を与えたことも語られた。まるで見てきたように話すベニだが、実際に見ていた可能性もある。ベニをはじめとした三ばばさまは、巫女であり、その寿命《じゅみょう》を延ばす神薬《しんやく》を飲んでいるのだから。

ここまで話が進むと、聖堂の所々から、すすり泣きが聞こえてくる。子ども達さえ感情移入して涙するのだ。涙を拭《ぬぐ》うためのハンカチは必須の持ち物になっていた。

「三神の力と願いによって、コウルリーヤ神は『聖魔神』として再びこの世界に戻られました。この教会は、やさしき彼《か》の神のため、四神全てに祈りを捧《ささ》げられる場所です」

うんうんと頷いた人々は、次第に祈るように手を組んでいく。

「神々に祈りを」

静かで、静謐《せいひつ》な空気が聖堂を満たす。その様子を、コウヤはいつの間にか笑みを浮かべて見つめていた。そんなコウヤに、そっと近付いて来て囁《ささや》く者がいた。

「相変わらず、ベニちゃんは凄いねえ」

「ジンクおじさん」

ベニ達の友人であり、恐らくこの世界で唯一の、刻印術《こくいんじゅつ》を施《ほどこ》せる彫りもの師であるジンクだ。彼は、このユースールからほど近い野営地で、『黒の彫工師《ちょうこうし》』という彫りもの師の集団を張り付け、崖に強化や魔獣避けの刻印術を施していたはずだ。

「納得する出来になった？」

「おう」

「彫りもの師の人達は？」

「適当に課題出して、旅に出した」

「……厄介払《やっかいばら》い？」

「正解」

『黒の彫工師』を名乗っていた彼らは、自分達の技術が素晴らしいものだと言って憚《はばか》らなかった。王侯《おうこう》貴族にさえ、そうして売り込んでいたのだ。これは詐欺《さぎ》ではなく、本当にそう思い込んでいたのだから仕方がないのかもしれない。

この強い驕《おご》りにより、領主のレンスフィートやベニに突っかかった。そのまま、力を見せるために野営地の崖に彫刻をして、それが崩れ、半ば生き埋めになったことで、ようやく自分達の力を見つめ直すことができた。

そこに本物の『黒の彫工師』の力を見せつけられたのだ。少しは大人しくなっただろう。

「でも、これで本当におじさんの弟子だって名乗ったりして」

ジンクこそが、その伝説の『黒の彫工師』本人だ。かつて、ベニ達と同じ神薬を飲んだことで、長い時を生きている。彼らはその弟子に連《つら》なる者として名乗っていたのだ。しかし、ジンク自身が弟子を取ったことは、数百年の人生で一度たりとてないらしい。

「あ〜、どうだろ。あいつら、最後に『お名前を騙《かた》って申し訳ありませんでした』って土下座してったけど」

「なら、ちょっと遠慮するかな」

「かもな」

そんな彼らなら、自分達の技術を見つめ直し、再びその腕に自信が付くまでは名乗らないかもしれないなと、その未来を少し楽しみに思った。ジンクもそう思っているようだ。

「それで、ジンクおじさんは……もしかして、教会の改装工事に関わろうと思ってる？」

「思ってる！　さすがコウヤくんっ。柱に彫刻させてっ」

「そう言うと思った。この後、ドラム組に行くから一緒に行きます？」

「行くっ」

是非と前のめりになるジンクを微笑ましく思いながら、コウヤは新たに書き直した設計図を手に、教会を後にした。


それは、すっかり『聖魔教会』もユースールに馴染《なじ》んだ頃。

「また盗賊ですか」

「おうよ。どうやら『霧《きり》の狼《おおかみ》』らしい。隣のベルセンより向こうだから、こっちの方にはまだ被害はないがな」

「けど、場所は特定しておかないと、依頼の途中で出くわす可能性はありますね……」

『霧の狼』という盗賊団は、かなりの大所帯らしい。人数が多いということは、数で押せるということだ。

普通、盗賊はむやみに冒険者を襲わない。冒険者達の方は仕事の途中で、襲われている旅人や商隊に出くわして巻き込まれることは多々あるのだが、冒険者単体を襲おうとする盗賊は少ないのだ。

それはなぜか。盗賊達よりも、毎日の糧《かて》として魔獣や魔物を相手にする冒険者達の方が強いからという理由がある。だが『霧の狼』は違う。圧倒的な数によって冒険者達を襲い、全てを奪っていくのだ。

そこでコウヤは思い出した。ベニ達に少し素直になるように説得をお願いした、『イストラの剣』という冒険者パーティで問題を起こした男女二人。彼らは盗賊に冒険者達の情報を流したり、罠にはめたりしていたという情報があった。冒険者達を故意に狙う盗賊団と聞いて、真っ先に思い当たるのがこの『霧の狼』だ。

「確認するべきかな」

コウヤは、仕事が終わってすぐに、教会へ向かった。

「あの子らのことやね」

ベニに案内されたのは小さな部屋。鉄格子《てつごうし》がないだけの牢屋《ろうや》みたいなものだ。外からしか鍵《かぎ》がかけられない特殊な部屋。一人ずつ入れられているその部屋は、充分な広さがあるし、地下でもないので、暗いイメージもなかった。

中にはベッドや、きっちり囲われたトイレもある。これは、ベニ達が教会を乗っ取ってすぐに、無駄にあった地下室を整備して作ったものだった。コウヤが知らなかったのは、ドラム組に後で要望したものだからだろう。地下の増設、整備なんて難しいことだが、ドラム組の者達が聞いて、やれないと言うわけがない。何事も挑戦するのが職人だ。

「すごい部屋だね……」

「ここは神官達の反省部屋さね。わたしらの時代には修行部屋と呼んでいたがねえ。寝食を忘れて魔術に没頭《ぼっとう》できる。外界《がいかい》を遮断《しゃだん》することで、己と向き合うための部屋さ」

牢屋ではなかったらしい。

「へえ……ん？　ベニばあさま。今、手前の部屋に誰か……」

「ああ、ちょっと前から数人入っとるよ。修行するって言ってな」

「……」

聖魔教には現在、ベニ達の他に、元々ここで神教会に所属していた若い神官と、無魂薬《むこんやく》という特殊な薬を服用することで感情や意思を無くしていた元神子《みこ》達が神官として仕《つか》えている。

神教会は、神子の寿命を延ばしたり、一滴で怪我や病を治癒《ちゆ》させたりする神薬を作ろうとしたらしく、その試薬を服用させられた彼らは、数百年の時を『神官殺し』として生きていた。

自分達を実験の道具としたことへの復讐《ふくしゅう》と、神の求めた教会ではなくなった神教会を粛正《しゅくせい》するために、唯一意思を失わなかったルディエという幼い神子を筆頭にして活動していたのだ。そんな彼らも、コウヤの作った薬によって快復し、今は神子としての力も取り戻していた。

薬だけで快復したと思ったのだが、彼らの精神や魂も劣化していることに気付いたコウヤやエリスリリア達は、後に再生魔法を施した。これにより、彼らは『聖魔を説く者』という称号を得たらしい。それを知った彼らは、交代で己の力を磨《みが》くことにしたという。現在、三交代制で何やら励んでいるようだ。

「まあ、あの人達が良いなら良いけど……」

コウヤがちょっと気配を読んだところによると、三交代のうちの一つのグループが、なぜか町中に散らばっていた。それも、領兵の人達と追いかけっこしているようだ。

「これは修行？　訓練？　何してるんだろう？」

おちょくって遊んでいるのでなければ良いがと不安になる。だが、ベニも知っていたようだ。

「ああ、外の第四部隊なあ。あれらは今、領兵と訓練中だよ。隠密《おんみつ》スキルを上げるんだと」

「部隊って……スキルを上げるのは良いことだけど、なんで隠密スキルなのか気になるね」

そこで『アレ？』と思った。

「ん？　なんで第四部隊？　三交代制なんだよね？」

「ああ、今技術訓練に出てるここの元神官達が第三部隊だよ。修行部屋にいるのが第一部隊。表の業務をしてるのが第二部隊さね」

「……もしかして、あの若い神官さん達も鍛える気？」

「それなりにはな」

「そっか……」

一体この教会はどうなるのだろうか。神官達は一体、何を目指しているのだろうか。

コウヤはそんな少々の疑問を抱きながら、『イストラの剣』のベルティという名の女性の部屋に入る。彼女はそこで不貞腐《ふてくさ》れた様子で縮こまっていた。氾濫《はんらん》を起こした迷宮での勝手な行動によって失った腕はそのままだ。ベニほどの力を持った者なら、その腕も再生させられるし、欠損薬を作れる薬師のゲンもいるのだが、これはあえてだった。

「こんにちは」

「……今度は子どもを使ってってこと？　イヤなばばあよねっ」

「……ベニばあさま、この人どうしたの？」

このコウヤの『どうしたの？』は、素直になってないけどどうしたのかという意味だ。いつもならばとっくにヘコヘコしている頃。それがどうだろう。尖《とが》ったままだ。

「いやなに、これでこの子は素直なんよ」

「え？」

「なっ、なによっ。好きなこと聞きなさいよっ。答えられることなら話すわよっ」

素直だった。

「えっと、なら聞きますね。あなたが関わっていた盗賊についてなのですが」

「『霧の狼』って言ったわ。頭《かしら》はBランクの冒険者並みだって聞くから気を付けなさい？　頭領《とうりょう》や幹部連中にとっては、魔獣とかに向かうのも人を相手にするのも同じみたいよ」

「それは危なそうですね。気を付けます」

「べ、べつに心配とかじゃないから」

なんだかよく知っている受け応えだなとコウヤは思った。最近もこんな感じの子が側にいる。

「それと、アジトはこの国に点々とあるわ。全部は私も知らないからっ。後で知ってる所は教えるわよ」

「本当ですか？　ありがとうございます！」

「っ、た、大したことじゃっ……っ、ないわっ……っ」

真っ赤になって顔を背《そむ》けるベルティに、コウヤはそれじゃあと地図を取り出して確認を始める。

「こ、こんな正確な地図どこでっ」

「これは俺が描いたやつなので、どこにも売ってないですよ？」

「っ、そんなの見せていいの⁉　冒険者も盗賊も国だって欲しがるわよっ！」

森や町の範囲ぐらいしか分からないような、普及している地図とは訳が違う。尺が正確なのは当然ながら、街道だけでなく、細い獣道も線で記されているし、町の大きさと外壁の形も正確だった。

「だって、正確じゃないと、こういう時に困るじゃないですか」

「……ど、どうやって描いたのよ……」

「もちろん、実際に足を運んで測量しました」

「ちょっと、こんな可愛い子を一人でどこまで行かせてんの⁉　それこそ盗賊とかに攫《さら》われるわよっ！」

ベルティがベニに詰め寄ろうとする。しかし、ベニは至って冷静だった。

「コウヤが捕まるかい。そういえば、一時期よく盗賊やら怪我人やら持ち帰って来ておったなあ」

「うん。いっぱい寄って来ちゃうんだよね。そっか。あれは俺を攫おうとしてたんだね」

「やだっ、この子一人じゃ心配だよっ！　絶対に一人で『霧の狼』のアジトに行くんじゃないよ！」

「え？　ダメなの？」

「っ⁉　ダメに決まってるだろう⁉　ちょっと保護者‼　保護者どこだい‼」

なんだか一気に元気になったようだった。

「本当に好い人になりましたね」

「そうやろう？」

得意げなベニと笑い合う。誰のせいでこうなったのか。まったく他人事《ひとごと》なコウヤだ。

コウヤはベルティが知っているだけの『霧の狼』のアジトを確認した後、改めて彼女が今までやってきたことについても聞いた。

「……最初に声をかけてきたのは『霧の狼』のナンバースリーだっていう男だよ……元貴族の四男だか五男だか忘れたけど、結構男前でさ……」

町で普通に声をかけられたのだという。その頃は先達《せんだつ》のグラムを追い出し、仲間だった二人の幼《おさな》馴染《なじみ》を亡くして、メンバー内がギクシャクしている時だった。

「あたしだって、人並みの心はある。幼馴染が二人もあっさり死んで、ちょっと弱ってたんだ……そこでそれなりに顔も良くて、金回りも良い男に優しくされたら……分かるだろう？」

「愛人になったか」

ベニのあからさまな言葉に、ベルティは素直に頷いた。

「金がなきゃ生活できないし、装備も揃わないとあっさり死ぬんだ。なら、金を持ってる奴についていけばいいじゃないさ」

そして『霧の狼』での仕事を紹介された。

「嫌味言ってよこした奴とか、バカにした奴らへの嫌がらせみたいなもののつもりだったんだけどね……」

「こちらで調査しただけでも二十人強の人が亡くなっていますよ？　あなたのしたことは嫌がらせと言えるような話ではないです」

「……」

俯《うつむ》き、泣きそうに歪む横顔を見て、今はそれなりに反省していると思えた。しかし、反省しただけでは許されない数の人が犠牲《ぎせい》となっている。死なないまでも、それ以降冒険者としての生活ができなくなった人はもっといた。今のベルティのように片腕を失《な》くしたりと、欠損を抱えて生きることになった人々も多いようなのだ。

「ギルドからは除名《じょめい》。最低でもどこかの鉱山での労働終身刑《しゅうしんけい》です。ただし、今回の情報提供で『霧の狼』が全て捕縛《ほばく》されれば、終身刑は免《まぬか》れるかもしれません」

とはいえ、減刑されても鉱山での労役《ろうえき》を科《か》せられるだろう。可能性が高いのは、冒険者ギルドの所有する鉱山迷宮送りだ。それほど酷いことにはならないが、そこでは自力で稼《かせ》いで生きていかなければならない。彼女には辛いことだろう。

「……分かってる……な、なあ、コダはどうなる？　あいつは、あたしが引き入れたんだ。バカだから、言われたことしかやれないんだよ。だからっ」

コダとは、もう一人の捕まえた男のことだ。腰から下の右足が毒によって爛《ただ》れてしまっていた彼も、この部屋から二つ向こうで反省中らしい。

「コダさんもギルドからは一旦除名されます。こちらの調査でも、あなたほど関わってはいないようでした。それでも、恐らく三年から五年ほどの刑期で鉱山迷宮送りになります」

「……っ」

片足が不自由なまま送られることになるだろう。鉱山迷宮では、稼ぎの分配は公正だ。よって、誰かと協力したとしても、個の成果を見られる。しかし寄生《きせい》はできないし、許されない。刑を受ける者にとっては、誰かを養《やしな》うことも難しい場所なのだ。

「それでもケルトさんはお二人を待つそうですよ」

「っ、ケルトが……っ」

「ええ」

彼らのパーティリーダーであるケルトには、真っ先に聴取を行った。彼は仲間であるベルティとコダが盗賊と繋がっているという事実を知らなかった。

リーダーとしてパーティメンバーを守っていかなくてはと思い詰めていたため、視野が狭くなっていたのだろう。メンバーのことを把握できていなかったのは良くないことだ。それを彼はとても後悔していた。ケルト自身も降格処分となり、ベルティとコダは鉱山送りになるだろうと告げると、グッと唇を噛み締めた。

『リーダーとしても、仲間としても不甲斐《ふがい》ない……だから僕は、今より強くなって二人を待ちます。もっと頼れる仲間になれるように努力します……そう、二人に伝えてくれませんか？』

鉱山迷宮都市に関係者が送られている場合、そこに行くことは許されない。再会しようと思うなら、彼らが出てくることをただ待つしかないのだ。

「今回いただいた『霧の狼』の情報を確認し、あなた方は後日、兵に引き渡すことになります」

「……ああ……ねえ、ケルトに伝言を頼んでもいいかい？」

「はい」

「なら……」

そうして、ケルトへの伝言を預かり、コウヤは教会を後にした。

ギルドに戻り、コウヤはギルドマスターの執務室に来ていた。ベルティから得た情報をマスターのタリスに報告すると、彼はしばらく考えてから、何か結論が出たらしく、スッキリした顔で一つ頷いた。

「じゃあ、とりあえずそのアジトは潰そうか」

「そうですね。冒険者の方にかなり被害が出ていますから、早急にやるべきです」

「だよね、だよねっ。ギルドとしては見過ごせないよねっ」

「はい！　当然です！　冒険者の方々のサポートがギルド職員の仕事ですから。冒険者の方々の敵は俺達の敵です！」

「ならヤるしかないね！」

「はい!!」

立ち上がって一致団結。タリスは相変わらず可愛いおじいちゃんだ。そして、そのままの勢いで部屋を飛び出そうとした。しかし、そこでサブギルドマスターのエルテが手を伸ばす。タリスがグランドマスターであった時から長年補佐をしてきただけあり、こうした時の判断は素早い。

因みに、タリスはドワーフの、エルテはエルフの血を引いているため、見た目よりも年齢はかなり上で、付き合いもそれなりに長かった。この世界では、こうした長命な種族が居るため、ジンクやベニが長く生きていると知っても、それほど驚かれないのだ。

「何を『今からやったるぞ！』ってなってるんです⁉　夜ですよ⁉　何時だと思っているんですか！」

その手は見た目の細さに反して、力強くタリスの襟首《えりくび》を掴んでいた。

「し、しまるっ……老人、老人は労《いたわ》ってっ」

「エ、エルテさん。本当に絞《し》まってますからっ」

「落とす気で絞めてますから」

本気だった。そして、目が据《す》わっていた。

「ほら、老人は寝る時間です。もう暗いんですよ。老人なら老人らしく規則正しい生活をしましょうね。太陽が出ている間しか活動してはいけません」

「なに、その決まりっ。老人虐待《ぎゃくたい》だよ！　偏見《へんけん》だよ！」

「何言ってるんです。老体《ろうたい》を労るからこそですよ。さあ、お家に帰りましょうね」

エルテはそのままタリスを担《かつ》いで部屋を出て行く。

「いや〜！　僕も夜遊びしたい〜！　盗賊遊びしたい〜！」

「はいはい。夢で見てください。コウヤくんも帰るのよ〜」

「は、はい……」

「ヤダ〜ぁ」

駄々《だだ》っ子を連れて行く教育ママにしか見えなかったというのは秘密だ。

エルテに連行されていったタリスを見送った後、実はコウヤは、ベルティに聞いた一番近場の盗賊のアジトへ行こうと思っていた。だが、エルテに釘を刺された以上、今夜はやめておこうと大人しく家に帰ったのだった。


明けて次の日。

いつものように仕事をしていると、そこへ商業ギルドのマスターであるゼットがやって来た。

「コウヤ。マスターに話があるんだが」

「あ、はいっ。少しだけお待ちください」

ゼットは体格からして冒険者と変わらない。そのせいですぐに気付けなかった。

珍しく慌ててエルテへ伝える。サブギルドマスターである彼女は、タリスの予定も全て把握しているので確実だ。寧《むし》ろ、エルテがタリスの予定を立てている。

「今は問題ないわ。お通ししてくれる？」

エルテはタリスへ伝えに行くので、コウヤがゼットを案内することになった。よく考えてみると、コウヤが一人でこうして誰かを案内するのは初めてだ。前ギルドマスターの客は他の職員達が案内していたし、その他、予定にない人や彼らにとって都合の悪い客は、コウヤが頭を下げてお引き取り願っていた。取り次ぐことさえまともにできなかったのだ。

「お待たせしましたっ。ご案内します」

「頼む」

初めての経験にコウヤが少し緊張しながらも嬉しく思っていると、ゼットも楽しそうにしていた。

「考えてみると、冒険者ギルドのこんな奥に通されたのは初めてだな」

「同じようなことを今考えてました」

「ははっ、今までは門前払《もんぜんばら》いだったからなあ」

ゼットは商業ギルドのマスターになる前から、一人の職員として冒険者ギルドへ直訴《じきそ》しに来ていたりしていた。冒険者達でもゼット相手ではどうにもできないと思っての人選《じんせん》だ。だが、それでもコウヤが頭を必死に下げることで、いつも引き下がってくれていた。

「でもゼットさん、一度乗り込んだって聞きましたよ?」

「そうそう。コウヤが珍しく休みの時にな」

その日はたまたまコウヤが休みだったのだ。ゼットは働き者のコウヤを好ましく思っていた。そのため、コウヤに言われれば引き下がったが、いないのならば話は別だ。これ幸いと押し入ったらしい。

「けど、あの時もここまで奥には来てないぞ。その前にあのクソ共が穴蔵《あなぐら》から出てきたからな。言いたいことは全部言ってやったが」

それが応えたらしく、コウヤの休みが一気に減った。彼らにとってコウヤはクレーマー担当だったのだ。

「その次の日、職員のみんながスッキリした顔してました。言いたいこと言ってくれたって」

「いや、だがそれでコウヤは大変だったろう」

ゼットも分かっていたのだ。自分が感情的になって押し入ったことで、コウヤにしわ寄せが行ってしまったということを。

「気にしてたんですか？　寧ろ、ゼットさんみたいに不満を持つ人がいるんだって知って、他の職員の人達がやる気を出したので、ちょっと仕事が楽になってましたよ？」

「それでやる気出すってどうなんだ？」

「いや、なんか確かな味方がいるって認識できたのが良かったみたいです。内に溜め込む人が多いので」

「なるほど。ここ、ちょっと独特なの多いもんな」

女性を怖がったり、王都の人を怖がったりするが、それほど独特な人はいないはずだ。コウヤは内心首を捻《ひね》ったものの口には出さなかった。

そんな話をしながら、二人は執務室の前までやって来た。

「商業ギルドのマスター、ゼット様をお連れしました」

「どうぞ～」

タリスの声と同時に、中にいたエルテが扉を開けてくれた。

それでは失礼しますと、コウヤが去ろうとした時だった。ゼットが呼び止めたのだ。

「あ、待てコウヤ。コウヤも同席させてください」

「いいよ」

「え？」

タリスは即答していた。

エルテに目を向けると頷かれたので、コウヤは大人しくタリスの横に立った。

タリスの前のソファに腰掛けたゼットは、すぐに話を始めた。

「今日伺ったのは、盗賊退治の依頼のためです。それと、その盗賊の一味をコウヤが捕縛しているということを聞きました」

「あ～、なるほど。そうなると相手は『霧の狼』？」

「はい」

盗賊の被害は、冒険者ギルドよりも商業ギルドの方が当然多いし、問題になっている。大きな盗賊団が出没するルートを通る時は護衛を増やさなくてはならない上、運ぶ物を選ぶ必要もある。万が一、盗賊の暴挙《ぼうきょ》を許してしまった場合の被害額を考えれば、荷を増やすのは控えるしかない。

護衛を雇うにもお金がいるし、大きな盗賊団に負けない戦力か人数を揃えるとなると、どうしても出費がかさんでしまう。必要経費とはいえ多額の出費。商人にとっては受け入れがたいものだろう。

「どうにかして討伐してもらいたい。これはこの国の全商業ギルドからの依頼だ」

本来、盗賊を取り締まるのは国の兵だ。しかし、この国全体に点々とあるらしい『霧の狼』の全てのアジトの場所は不明。兵や騎士はアジトの情報をもらい強襲《きょうしゅう》はできても、調査まではできない。

下調べに費《つい》やす時間も人数も出せない。国に縛られる者とはそういうものだ。無駄になると思われることはできないらしい。そのため、冒険者の方にお鉢《はち》が回ってくる。

「全商業ギルドとか、かなり焦ってるねえ」

「この件では、国はあてにならないのですよ。何より、被害額がすごいことになっている。補償《ほしょう》金《きん》もバカにならなくなってきていまして……」

「そういえば、盗賊被害の補償金ってのがあるんだっけ」

「ええ……微々《びび》たるものですが、商人達だって生活がかかっています。商人は何よりも信用が第一。盗賊に荷を奪われて、依頼人に届けられないなんてことがあれば、そこでその相手とは縁が切れてしまうのですからね」

荷がその人の手に届かない理由が盗賊であっても、ならば護衛を増やせば良かっただろうとか、ルートを変えれば良かったのではないかと言われてしまえばそれまでだ。悪いのは盗賊であっても、責任は商人にある。

取引先を一つ失くせば、一気に収入は減ってしまうし、他の取引先にその話を聞かれれば、そことの縁も危うい。だからこそ、盗賊は商人達にとって最も憎むべき存在なのだ。これには商業ギルドも黙ってはいない。登録する商人全てがギルドにとって大事な身内なのだから。

「アジトを見つけたり、討伐したりするのに囮《おとり》が必要だと言うのならば、商業ギルドは全面的に協力する。どうか、討伐してほしい」

「本気だね……分かったよ。グランドマスターにも話を上げておこう。きっとこの国の全冒険者ギルドが対応することになるよ。そのために僕に言いに来たんでしょ？」

「ええ。こちらの統括《とうかつ》から、前グランドマスター殿へお願いするようにと言われましてね」

「だと思ったよ」

前グランドマスターであるタリスに伝えること。これに意味がある。実力者でもあり、冒険者ギルドという組織からの信頼も篤《あつ》いタリスが了承すれば、確実にこの依頼は受理される。

商業ギルドの統括はそう判断したのだ。

「頼みます」

「うん。それじゃ、僕が今すぐ……」

「マスター、冒険者の仕事を取ってはなりませんよ」

「……」

後ろからしっかり今日も釘を刺すエルテだ。そのままゼットへ報告をする。

「コウヤ君が聞き出した情報によりますと、彼らのアジトの数は、三十は下らないとのことです。それこそ、国中に点在しているのでしょう。完全な討伐にはかなり時間がかかると思われます」

「そんなに……」

あまりの規模に、さすがのゼットも絶句する。

「これまでも何度か『霧の狼』を倒そうと作戦が組まれていますが、そのどれも確かな成果は出せていないのが現状です」

「少しも数を減らせていないと？」

「全体の人数さえ把握できていないのです」

倒したとしても、全て下《した》っ端《ぱ》。それもすぐに補充されているのだ。そこで、コウヤが口を開く。

「どうも、町に引き入れ役がいるようなんです。今回捕まえた冒険者も、そうやって協力者になっています。そこで自分達の討伐の情報や、標的とする商人や冒険者達の情報を手に入れているみたいで」

「っ……なるほど。成果が出ないわけだ。寧ろ、盗賊達の襲撃の成功率が上がるだろう。まさか身内に敵がいる可能性も……」

コウヤはあえて言明《げんめい》しなかったが、ゼットは気付いたようだ。商人達の中にも協力者がいる可能性に。商売敵を襲うよう情報を渡している者がいないとは言えなかった。

コウヤはゼットに頷く。

「まずはしっかりとした調査が必要かと。それも信頼の置ける人物による秘密裏《ひみつり》の調査が」

「またあっちにバレたら同じだもんねえ。でもそれなら……」

タリスはニヤリと笑ってエルテを振り返る。これを見てエルテは大きくため息をついて見せた。仕方がないというように。

「そうですね……いっそのこと、冒険者ではなくマスターが動くのは、正解かもしれません」

「だよね！」

「どういうことです？」

ゼットは首を傾げていた。これにタリスが楽しそうに告げた。

「冒険者だと向こうと繋がってるのがどこにいるか分からないでしょう？　だから、僕みたいなので討伐隊を結成しちゃえってこと！」

「……え？」

「引退してもまだまだ動けるのは多いからねっ。職員にも、密《ひそ》かに強い実力者だっている。冒険者達の諍《いさか》いの仲裁《ちゅうさい》ができる子は、どのギルドにも一人や二人いるからねっ。日頃の鬱憤《うっぷん》晴《ば》らしも兼《か》ねて、ちょっと国内旅行するのも悪くないよねっ」

「……はい？」

ゼットはどんどん疑問符《ぎもんふ》を増やしていく。それに対して、タリスのテンションは上がっていた。

「ふふふっ、前代未聞《ぜんだいみもん》の現役ギルドマスターとギルド職員による盗賊討伐作戦だよ!!」

「おぉ～」

「はぁ……」

コウヤはパチパチと拍手し、エルテは再びため息をつく。そして、ゼットは一拍の後、驚きの声を上げた。

「……えええっ!?」

その後、この国で最大で最悪と言われる盗賊団『霧の狼』の討伐を決めたタリスの行動は早かった。ゼットが帰ってすぐにギルドの通信具を使って、各地のギルドマスターへ伝えたのだ。

冒険者ギルドをまとめるグランドマスターへは、先に連絡したのだが、そういうことなら全部お任せしますと言われてしまったらしい。

タリスはニヤリと笑い、エルテは頭を抱えた。これでタリスのやりたい放題である。

「ってことだから、各々《おのおの》、逼迫《ひっぱく》した状況でなければ、一人だけ腕に自信がある代表者を出してくれる？　あ、でも信用第一だから、選択肢としては三つね。一つ目はギルドマスター、二つ目はサブギルドマスター、三つ目がギルドのトラブル担当の職員。この三つは、件《くだん》の盗賊団と繋がっていないと信用させてもらうよ。もちろん、このことは内密に頼むからね」

警戒しているのは、盗賊団のスパイだ。

協力者を引き込むのが上手いらしく、どこに彼らの目や耳が潜んでいるか分からない。冒険者から選出するのでは、こうした準備段階で討伐に動いているということが漏れる可能性がある。

上位ランクの実力者はパーティを組んでいる者が多く、そのメンバーに漏らす場合もあるだろう。それでは困るのだ。ユースールの前ギルドマスターのように、職員でも盗賊と繋がっていそうな者もいないとは限らないが、それでもリスクは減る。

「さて、メンバーの選出は数日かかるとして。ちょっとは下調べしたいんだよね～。けど、ギルドが動いてるって悟られたくないし……どっかに隠密部隊でもないかな……って、いるんじゃない!?」

タリスはそれほど考え込むことなく、名案が浮かんだというように飛び上がった。

「なんか、領兵さん達まで巻き込んで、最近変な訓練してるのがいるよね？」

タリスは、事情を知っているであろうコウヤへ顔を向ける。

「よく知ってますね。そんなに変な訓練してます？」

「してるよっ。本気の隠れんぼとか羨《うらや》まし過ぎるじゃんっ。めちゃくちゃ交ぜて欲しい！」

「ん？」

「あ、本音出ちゃった。いやいやいやっ、だってねっ、何やってるの？　って聞いたら『隠密スキルを鍛えてます！』ってドヤ顔されたんだよっ。羨ましいでしょ⁉」

後ろから冷たい視線が突き刺さっていた。だがタリスは諦めない。

「あんな楽しそうに隠密スキルが上がるとかないでしょっ。そんで兵の人達は索敵《さくてき》スキルが上がるって、あれどうなの⁉　画期的《かっきてき》過ぎない⁉　もう交ざるしかないでしょ！」

そういえばそんなことをちらりと聞いた気がする。まず、隠密スキルを堂々と上げようとする者はいない。それも索敵スキルの高い者と訓練しようなんてあり得なかった。しかし、考えてみればこれはとても効率が良い。お互いに鍛え合えるのだ。理想的な訓練法といえた。

「ってことで、あの子らに協力を願えたりしないかな？」

「そうですね……」

そこでコウヤはドアの方へ声をかけた。

「どう思う？　ルディエ君」

「え？　あれ？　嘘……僕の索敵スキルが反応しなかった？」

タリスが戸惑いながらドアへ視線を向ける。

ゆっくりと開いたドアの向こうに、ルディエが立っていた。

「いいよ。良い訓練になるし、でも、国中ってなるとちょっと時間かかるけど」

「あ、移動にってことだよね。それなら良いものがあるんだ。数日で国中を回れるよ」

「……」

ルディエはちょっと意味が分からないという顔をしていた。納得したのはこの場ではタリスだけだ。コウヤならと納得できるほど、ルディエはまだコウヤと関わってはいない。

「移動手段は任せてってことで、調査は頼んでいい？」

「うん……そのまま潰《つぶ》して回ってもいいけど……」

「ダメだよ。その辺の盗賊とは少し違うみたいだからね。それに、討伐も素早く終わらせるべきだ。取り逃がさないためにもね」

今までのように、下っ端だけを間引《まび》いても意味はないのだ。今回は確実に根っこから処理する必要がある。

「分かった。なら、一番効率の良い襲撃順も考えとく」

「お願いするよ。それとできれば……」

「町にいる協力者も特定すればいい？」

「できればだよ？」

「できるに決まってるでしょ？　定員は？」

「う～ん。十人まで」

「分かった」

そうして、ルディエは他のメンバーを選出するべく教会へ戻って行った。

「ってことで、大丈夫そうです」

「あそこまで自信満々に……まあいいや。そっちの報告が来るまでには、メンバーが決まるかな」

数日後の遠足を楽しみにする子どものような様子のタリス。とっても機嫌が良かった。ただ、コウヤはその後ろでふっと目を細めて笑ったエルテに気付いていた。

「俺も準備があるので、失礼します」

「うん？　ああ、移動手段ね。また面白そうっ。僕もちょっと見せて……」

「マスター」

「っ！」

タリスは肩を掴まれた。

エルテは顔に笑みを貼り付けている。

「留守にされるんですよね？　なら、やらなくてはならないことがありますよね？」

「っ……そ、そんなことあったっけ……？」

そこでエルテは更に目を細める。

「さあ、とりあえず一週間分を頑張りましょうか。ふふっ、前倒しで仕事ができるのは良いですね。楽しみなことをもっと楽しくするために、いっぱい頑張りましょう」

「ひぃぃっ」

あれはタリスでも逃げられそうにない。爪が肩に食い込んでいる。そして、エルテは全力でスキルを展開中だった。気配察知を目視している相手に固定すれば、逃すことはないだろう。

「……えっと……頑張ってください」

コウヤはそっと息を詰めて部屋を抜け出した。

「ふぅ……さてと。移動手段だね。もう整備はできてるし、あとは……ダンゴ」

《はいでしゅ！》

実はコウヤの腰には、眷属《けんぞく》であるミミックのパックンがいつものように鞄《かばん》を真似てくっ付いており、その上で精霊のダンゴは丸まっていた。呼ばれてダンゴは、スルスルッとコウヤの体を駆け上がり、彼が広げた手の上に乗って片手を上げて見せる。

「ダンゴに、船長をお願いしたいんだけど」

《せん？　うん？》

首を傾げるダンゴは可愛らしい。コウヤの顔に思わず笑みが浮かぶ。

「そう！　飛行船の船長さんねっ」

《……あい？》

キョトンとした顔がまた格別だった。


仕事を終えたコウヤは、西の森の拓《ひら》けた場所に来ていた。

ジャイアントハリーが木をなぎ倒したのだろう。とっても都合良く作業ができそうな場所だ。

「さてと、それじゃ見せるね」

地面には、ちょっと拗《す》ねた様子のパックンと、ダンゴがいる。コウヤは二匹に背を向けて、亜空間から出したものを前方にドンと置いた。
「これが、『闇飛行船《やみひこうせん》マンタ』だよ！」
《おおきい……でしゅ……》
ダンゴが小さな口をポカンと開けていた。
一方のパックンは、コウヤの足下まで来て文字を表示する。
《『闇』っていわなかった？(O_O)》
「え？　そうだよ。闇と光の屈折《くっせつ》を使ったステルス機能を搭載《とうさい》してるから、浮き上がる時点で見えなくなるんだ。だから隠密系で『闇』にしたの。それと、もう一つ『光飛行船エイ』っていうのがあってね。そっちは真っ白で雲みたいに見える遊覧《ゆうらん》飛行用のやつ。別に見えなくすることもできるけどね」
名前の通り、海洋生物のマンタとエイの姿を模《も》している。
《これのセンチョウ》
《ダンゴばっかりズルイ！》
《飛びたい！(^o^)》
「そう言うと思って、エイの方はパックン船長用に調整するつもりだよ。けど、今回はマンタの方を使うからダンゴ船長ね」
《なら許す(@>_<)》
因《ちな》みにパックンだが、どうも鑑定の部署での仕事のお陰か、多くの人と接したためか、少し前から言語理解が【大】から【極】になっていた。

表示される言葉も分かりやすくなり、冒険者達にも町の人達にも大人気だ。今となっては、町をパックンだけで動き回っていても問題がないほどだった。

この間、奥様方に聞いたが、パックンは十歳くらいの子どもと同じという認識になっているらしい。その割に、他所《よそ》から来て問題を起こす冒険者をも簡単にノシてしまうので、治安維持の面でも期待されている。

お駄賃《だちん》だと言って食べ物などももらっているらしく、益々《ますます》内容量が増えている気がしていた。食べ過ぎたから太るとか、健康がとか心配する必要はないが、餌付《えづ》けしないで欲しいものだ。甘やかし具合はコウヤも相当なのだが、それは自覚していない。ダメ親の典型《てんけい》のようだ。

「さて、それじゃあ、中を案内するね。それで操縦《そうじゅう》してみよう。大丈夫。安全装置は付いてるから、墜落《ついらく》したりもしないよ。結界機能も万全だし、ドラゴンが十体以内なら完勝できるだけの対策はしてあるからね」

《……あるじさま、それは……》

《ないわあ……(｡-_-｡)》

なぜか眷属二匹ともに呆れられてしまった。

更にこの後、無駄に高レベルな内装や操縦席を見て、二匹は意味深な視線を交わすのだった。

ダンゴが操縦するのに無理がないよう調整も済ませ、ルディエの方の準備が整ったのは次の日の朝だった。コウヤとルディエはタリスの執務室に来ていた。

今から行くというルディエに、タリスが目を瞬《またた》かせる。早い方が嬉しいが、それにしても早くないかと思ったらしい。

「隠密行動するのに朝から行くの？　外キラキラだよ？」

「夜しか行動できないのは三流だよ。一緒にしないでくれる？」

「スゴイ自信だね……」

ルディエも、少し前までは自分の隠密スキルに自信をなくしていた。コウヤの鍛えた領兵達の索敵スキルにも劣る。それがショックだったらしい。それからルディエは仲間達と共に、領兵相手に訓練をした。聞いたところによると、そのお陰で隠密スキルが【越】になったらしい。

ただ、同じように領兵達でも索敵スキルが【越】になった者がいたため、更なる高みを求めてお互いを鍛え続けているという。

昨日、コウヤは帰りがけに、次期領主であり、領兵長をしているヘルヴェルスが『うちの兵はどこへ向かっているのかな……』と遠いところを見ているところに出くわした。【極】でさえ、はっきり言って異常だ。その上があるなんて思わなかったのだろう。これはとても国に報告できない。それがヘルヴェルスに負担をかけていた。そんなヘルヴェルスに、コウヤは笑顔で答えておいた。

『大丈夫ですよ。上に向かってるだけです！』

『う、うん……そうだね……』

なんだか更に元気がなくなった気がしたが、きっと相当お疲れなのだろうと思い、別れぎわに栄養ドリンクをプレゼントしておいた。その効果か、今日の彼はとってもツヤツヤした爽《さわ》やかな表情をしている。そう、今ここにはヘルヴェルスもいるのだ。領兵から数人、調査に同行させて欲しいと頼みに来たらしい。

「一緒に来るのはいいけど、邪魔しないでよ？　足引っ張るようなら途中で置いて行くから。それでもいいなら来ていいよ」

きっと、今までのルディエならば絶対に同行を許さなかった。けれど、領兵達と訓練したことで、多少は内側に入れても良い者達と思っているのだろう。何より、コウヤの方を何度も見て、良いかどうかを確認していた。自分の行動や考えの正否を、コウヤの顔色で決めているようだ。

「俺も良いと思いますよ。用意した乗り物の中にいてもらっても良いですし、人数的にも問題ありません」

「そうなの？　ならいいね。でも、そっちの彼は副隊長さんじゃなかった？」

タリスが後ろに控えている領兵に目を向けた。

ヘルヴェルスが連れて来たのは、ルディエと出会った時に話をした副隊長と、門番勤務の多い顔見知りのお兄さん、ソルアだった。

「問題ありませんよ。何より、この二人はコウヤから地図作成の方法を教えてもらっていますから、報告書を出す時に役立つでしょう。あくまで報告書作成のための人員としてもらえれば良い。その方が君達もスムーズに事を運べるんじゃないかな」

「ふ～ん。ならいいんじゃない？」

ルディエもそれならばそれで良いと納得したようだ。

「それじゃあ、もう出発するってことでいいですか？」

「そうだね。ところでコウヤちゃん、用意した乗り物って？」

「あ、はい。さすがに町中に出すにはスペースが足りないので、町の外で」

「うん。なんだか怖いけどワクワクするよ」

タリス、エルテ、ヘルヴェルスを加えた一行は、ルディエの選んだ精鋭《せいえい》部隊を連れて、コウヤの後について町の外へ出た。

「だいぶ、町から距離取ったね……なんか怖い気持ちが勝《まさ》ってきたんだけど」

これほど距離を取らなくてはならない上に、案内されたのがかなり拓けた場所だったのだ。不安にもなるだろう。

「あはは。びっくりしますよっ」

「心臓が止まらない程度のでお願いするよ……？」

タリスがここまで不安になっているというのが、一行の気持ちを重いものにしていた。そして、立ち止まったコウヤを見て、一同はゴクリと喉を鳴らして気合いを入れる。

「それじゃあ、出しますね」

バンッ、と出てきたマンタを見ても、すぐにはそれが何か分からない。ただ、想像していたものよりもかなり大きいという驚きがあるだけだった。そこでコウヤが両手を広げながら振り返る。

「これが『闇飛行船マンタ』です！」

キョトンとする一同に分かりやすく説明を続ける。ちょっとセールスみたいになってしまうのは仕方がない。

「この世界では初！　空を飛ぶ船ですっ。船長はダンゴ！　言葉も聞こえるようにしてありますから、皆さんとでも会話ができますのでご心配なく。馬車の数十倍の速さが出ます。実際にはもう少し速くできますけど、ちょっと自重して最大でも音速までにしておきました。中には居住環境も整っていますので、長期の航行も問題ありません。世界一周どころか、何十周しても余裕で生活し続けられますので安心してください！」

どうですか、とコウヤは笑顔を向ける。すると、何かを溜めるような表情を見せた一同が一斉に叫んだ。

「「「「っ、安心できるか!!」」」」

「あれ？」

すごく怒鳴《どな》られた。

特筆事項②　作戦会議が行われました。

混乱のなか出発し、無事マンタに乗った一行が『霧の狼』のアジトの調査を終えて帰還《きかん》した翌日。ギルド寮の最上階に併設《へいせつ》されている大講堂では、報告会と作戦会議が行われようとしていた。メンバーはタリス、エルテ、コウヤはもちろんのこと、領主のレンスフィートと次期領主で領兵長のヘルヴェルス、今回同行した副隊長とソルア、ルディエとルディエに従う女性──いつか教会で挨《あい》拶《さつ》を受けたサーナの九人だ。

タリスが辺りを見渡して尋ねる。

「……ねえ、コウヤちゃん？　こんな会議室があるなんて、今日初めて知ったんだけど……」

「あ、はい。初めてのお披露目《ひろめ》ですね。内装に手間取《てまど》りまして。なんせ、完全防音、耐火性能、モニター機材、収納《しゅうのう》可能な椅子といったものを全部揃えるには時間がかかるんですよ」

「そ、そう……」

この講堂、間仕切《まじき》りによって、横に三つに分けられるようになっている。今いるのがその一つだ。舞台には、モニターや防音機能を取り付けるならと密《ひそ》かにカラオケセットまで用意した。凝りに凝った結果、今日ようやく、この大講堂の体裁《ていさい》が整ったのだ。

「因みに、ここは会議室じゃありません。本来の会議室はこの下の階に大中小と三部屋用意するつもりですけど、モニターの製作が間に合ってなくて……すみません」

「いやいやっ、まだなにか用意するつもり!?」

タリスの顔は引きつっていた。

レンスフィート達もそうだ。平然としているように見えるのはルディエだけだった。そして、ソルアが気付いてしまった。

「あ、あの……コレは……」

「「「「……っ」」」」

コウヤ達がいるのは実は舞台の上。カーテンによって閉め切られていたのだが、外が気になってめくってみたらしい。その先には大きな体育館が広がっている。歩けば床もキュッキュッと鳴るはずだ。傷が付かないように特別な加工もしている。

「これは……っ」

「あ～、まだ未完成でお恥ずかしいです……」

「これで未完成⁉」

驚かれた。だが、コウヤの思う大講堂兼、体育館はまだまだ完成ではない。

「バスケットゴールの取り付けもまだですし、暗幕も用意できていないので、まだまだです！」

「「「「……」」」」

他の面々にはよく分からなかったようだ。当然だ。この世界にバスケはない。

「な、なあ、下りてみてもいいか？」

「いいですよ」

「あ、なら私もよろしいですか？」

「はい！　なんなら走ってみてください。皆さんの靴は滑《すべ》らないようになってますし」

「は、はあ……」

意味が分からなかったようだが、ソルアとサーナが飛び降りる。そして、一気に後ろまで走っていった。キュキュッという独特の音。体育館専用のフローリング処理は上手くできているようだ。

コウヤが満足げにしていると、エルテが自信のない声音で話しかけてくる。

「もしや、入り口の板の魔導具が、靴になにか加工を……？」

「はい！　あの板の上を歩くことで、靴に洗浄と、滑らないように付与をかけてます。帰りにもう一度歩くと、付与が解除されるようにしてありますよ」

「……」

さすがに全員分の靴を用意することはできない。ならばと付与のできる特殊な魔導具を作ってみたのだ。見た目はただの玄関マットだ。エルテが頭を抱えた。一方、レンスフィートとヘルヴェルスは体育館を見下ろしながら呆然としていた。

「この広さ……どれだけの人数が……」

「かなり広いですね……」

「あ、一応、この町の三分の二は収容できる計算です。地下に整備中の音楽堂も同じくらい収容できるので、何かあった時の避難場所に使ってくださいね」

もちろん、結界が張ってあるので、ドラゴンが何体来ようとも壊れない。コウヤには当たり前過ぎる対策なので、それはあえて口にしなかった。

「「「……」」」

副隊長も加わって三人で頭を抱えていた。

「え？　待ってて、地下に音楽堂って言った？」

タリスは聞き逃さなかったらしい。

「はい！　けど、音響の調節が難しくて……何より、奏者《そうしゃ》を育てないことには……あ、でも、ここにもグランドピアノは一台いりますよね」

「……」

タリスまで撃沈《げきちん》したことで、コウヤは周りを見回す。ルディエさえ呆れているように見えるのは気のせいだろうと思うことにする。凝り性な性格は、自重の文字を見えなくしてしまうらしい。

コウヤの自重消失事件から数分後。落ち着いてきたメンバーは会議の開始時刻を待っていた。

「時間ですので、回線をつなげます」

コウヤは手元に用意したタブレットでモニターを操作する。すると、八つに分割された画面にそれぞれ知らない人物が数人ずつ映っていた。因みに、レンスフィート達が同席することは事前に連絡済み。ただし、モニターには映らない位置だ。映っているのはタリスとエルテだけ。

「映像、通信状況に異常なし。お待たせしました。マスターどうぞ」

「うん。どう？　ちゃんとそっちも見えてるかな？」

これにそれぞれの人達が頷いたり、返事をする。

今回、ルディエに調査をお願いすると共に、討伐隊として参加する予定のギルドに優先的にこの魔導具を配ってもらった。タブレット型の魔導具でテレビ電話を作ったのだ。

元々、声を届ける魔導具はギルドに支給されており、珍しくはない。ならば映像もと思いついたのがきっかけだった。といっても、この討伐のために作ったわけではない。ベニ達と離れていても会話ができればと考え出したのが始まりだ。

タブレットはベニ達が町にやって来る少し前に完成しており、何度かの試験の末に、休みが増えたこともあって量産してみた。

コウヤだって、前世では現代っ子として携帯電話を常に枕元に置いていた。依存症とまではいかなくとも、利便性は嫌というほど知っている。そのため、一人一台持っていてもおかしくないという感覚があった。ここでも自重が復活することはなく、こうしてギルドに配られることになったのだ。

使い方は簡単。通信とちょっとした資料の共有を可能にしただけなので、説明書も一枚のみ。こうして通信が上手くいったということは、ちゃんとそれに目を通してくれたということだ。

「それじゃあ、始めるよ」

こうして大規模な盗賊討伐の作戦会議が始まった。

手順の説明には、副隊長達の作成した地図をタブレットに読み込ませて、それぞれに転送する。

「すごいよねっ。この地図っ。すっごく分かりやすいよ」

『……』

絶賛するタリスとは違い、他のマスター達は絶句していた。食い入るように見ているためか、画面に映る彼らの顔が怖い。

「後で君達それぞれに一番近い場所の拡大地図を送るから、確認しておいて」

コウヤは黙々と地図の取り込み作業を進め、それぞれに転送する準備を整えていく。その間にタリスは地図上のアジトの場所へ印を打って、番号を記して説明している。

「押さえる順番としてはこれがベスト。潰し切れずに逃がしたとしても、追い込んでいけばいいからね」

ルディエ達の調査でも、敵の人数を全て把握することはできなかった。元々、盗賊なんてものは日によっても人数が変わる。

抜けたり入ったり、小さな盗賊団を吸収したり、囮に使って切り捨てたり。そんな状況なのだから、幹部を特定するくらいで充分だ。脅威となっているのは頭の方なのだから、そこさえ押さえられれば討伐できたようなものだろう。

『タリス殿が直接現場で指揮をとられるのですか……？』

モニター越しに、一人のギルドマスターが不安そうに尋ねてくる。

「うん。南から順番に全部回るよ。一番の大本とされるアジトの場所が特定できてないんだけど、この辺りっていうのは分かってるしね」

タリスが丸で囲んだ場所。その辺りに『霧の狼』の本部がある。

『特定できなかったというのはどういうことです？』

少し嫌味な声音だったので、サーナがピクリと反応していたが、それをルディエが目で制する。

「ほら、この森ってよく迷うことで有名でしょ？　魔獣とか魔物も迷って出てくる所だよね？」

タリスの言葉に、その場所に一番近いギルドのマスターが答える。

『あ、そうです！　先々代の時代から、冒険者も入ってはいけないということになっています。

入って迷っても捜索隊は出せないという場所です。そういえば最近、呪われるとかも聞きます』

「だよね。でさ、こっちで調べてもらったんだけど、呪われるっていう噂が出始めた辺りから、件《くだん》の盗賊団が活動を活発化させてるんだよ。これ、怪しいよね？」

『っ……原因が盗賊にあると……？』

「そう思わない？　こっちの予想だと、迷うのは古代の魔導具の効果かなって。ちょっととある方に確認したら、間違いなさそうなんだよね」

とある方というのは、コウヤのことだ。身内以外の侵入者を迷わせ、居住地を見つけられないようにする魔導具。実はコウヤが魔工神であった頃に作ったものだ。まだダンゴやパックン達が生まれたばかりだった頃に、新しく作った小さな迷宮を隠すために作ったもの。

最近、あの頃のことをよく思い出す。信仰の力の影響だろうか。少しずつ色々な記憶がはっきりしてきていたのだ。そのおかげで今回、すぐにこれに思い当たった。

ダンゴ達の訓練場やコウヤの隠れ家を守るための魔導具だったのだが、神威戦争など、時の流れの中で流出してしまっていたらしい。因みに、ダンゴが訓練場としてその時初めて作った迷宮は、現在この国の北西にある。

『王座の迷宮』と呼ばれるそこは世界最古、最強の迷宮と言われている。

「あそこ、いつバレたんだろう？」

しっかり魔導具で隠してあったはずなのに、いつの間にか大層な名前まで付いて恐れられていたのだ。コウヤはギルドに入ってから、その存在を知ってはいた。単純に魔導具が壊れた可能性もあるだろうと思っていたのだ。

今回その魔導具の使用に確信が持てたのは、ダンゴの報告があったからだ。長く自分達を守っていたコウヤお手製の魔導具だ。そこから発せられる魔力波動を間違えるはずがなかった。

《取り返すでしゅ!!》

そして、珍しく怒っていた。

《撃滅！　ゲキメツ!!（*｀ω´）》

パックンも物騒《ぶっそう》な雰囲気を出している。最近、パックンとダンゴは行動的になっているので、知らないうちに奇襲《きしゅう》に行くんじゃないかとコウヤは心配だ。さっきからパックンが食い入るように地図を見ているのが気になっている。因みに、ダンゴは今回の件で言語理解スキルが上がっている。

「パックン、ダンゴ、今回は勝手に行動しちゃダメだからね？」

タリス達の邪魔にならないように、小さな声で釘を刺しておく。

《……参加する……でしゅよ？》

《ゲキメツ……（´-`）》

「う～ん……けど俺も今回はサポート……」

だしな、と呟くタイミングでタリスが宣言した。

「指揮をとるのは、僕とトラブル担当のコウヤちゃんだからよろしくね」

「へ？　指揮？」

今回はタリスが暴れる気満々だったので、サポートに徹するつもりでいた。しかし、タリスの考えは違ったようだ。こっちに来てと手招きされる。

「コウヤちゃん強いし？　殺さず無効化も問題ないよね？　僕らがやるとどうしても殺しちゃいそうでね。ちょっとは生かしておかないと。今回は国に引き渡す必要もあるし」

最後の一言はレンスフィート達に向けられた。それに二人が頷いている。

確かにタリスは強いが、どうしても手加減が苦手らしい。盗賊の討伐ならば、アジトごと吹っ飛ばす方が早いと考える部類だ。他のマスター達も同様で、細かいことが好きではない。何より盗賊の場合、下手に手加減して逃してはまずい。なので、殲滅《せんめつ》が本来正しいのだ。

しかし、今回の盗賊団は、国としても看過《かんか》できない規模のもの。その上、何度も国の騎士達が取り逃がしている相手だ。処理したと遺体《いたい》を見せたところで信じないだろう。

騎士達が取り逃がすような者達を冒険者ギルドがどうにかしたとなれば、色々面倒なことになるのは目に見えていた。だからこそ、生き証人は絶対に必要だ。このユースールの兵に引き渡すなら問題ないのだが、『霧の狼』は国中にアジトを持つ盗賊団だ。別領で捕らえた者を、まとめてユースールで引き取るわけにはいかない。

『コウヤちゃんって……その子どもですか？』

「そうだよ。軽く僕より強いから問題ないよ～」

「えっと、コウヤです。よろしくお願いします」

『……』

画面に映ったコウヤを見て、マスター達は間違いなく納得できない顔をしていた。

「まあ、見れば分かるよ。楽しみにしてて。それじゃ、明日より決行！　それぞれの場所まで指定した時間に迎えに行くからよろしくねっ」

『はい……』

マスター達が釈然《しゃくぜん》としない表情を見せたまま通信は終わった。

「アレは絶対にバカにするパターンだよねっ」

「マスター……コウヤちゃっ、コウヤくんに何かあったら許しませんよ」

「っ、だ、大丈夫だよ……多分」

エルテの殺気に、楽しそうにしていたタリスが冷や汗を流していた。それは放っておいて、ルディエがコウヤに近付いてくる。

「僕も行くから」

「いいの？　調査だけで充分なんだよ？」

「いい。失礼なこと言う奴がいそうだから……黙らせる」

「ん？」

よく聞こえなかったがやる気充分らしいので、お願いすることにした。

《やるでしゅ！》

《ゲキメツ！ o(^▽^)o》

こちらもしっかり手綱《たづな》を握らなくてはならないので、人手が多いのは助かる。ここまでの話を聞いていたレンスフィート達は、絶対にコウヤについて一悶着《ひともんちゃく》あるだろうなと心配していたのだが、コウヤが考えるのはこの作戦の成功だけ。コウヤは自身の評価など全く気にしないのだ。

それ以外にも、コウヤのとんでも行動に周りがちゃんと耐えられるかどうかという心配もある。

それを誰もが口にすることなく、意味深な目配せをしているのは不思議な光景だった。


盗賊討伐の決行日。

ユースールから参加するメンバーは、サポート組も合わせて全部で十二人。当然のように、今回の移動も『闇飛行船マンタ』を使う。船長は変わらずダンゴだ。

「ねえ、コウヤちゃん。これの定員は？　どれだけ乗れるの？」

「特に制限ないです。ただ、座席は船長を入れて十しか作っていないんですけどね。それはこの操舵室《そうだしつ》内に限ったことです。見てもらうと分かるように、空間拡張も限界まで施してありますから、住居スペースに入るだけ乗せられますよ」

マンタに乗り込みながら、説明するコウヤ。重さも魔法でいじっているので、身動きが取れないくらい詰め込まなければ、乗せられるだけ乗せることが可能だった。

操舵室と呼ばれる最上階の広い部屋の後方中央には、一段高い位置に作られた操縦席がある。

戦艦《せんかん》の操舵室をイメージしていて、十人分の座席のうちの三つは、前方のガラス張りになった窓際にある。それぞれ中央と左右に間を取って配置されており、これは観測と砲撃を行う者の席だ。中央が前方と後方を担当。左右がそれぞれ船体を半分に分けて担当する。

その三つの席と操縦席の間にテーブルがあり、三人がけの椅子が両側に並んでいる。そのテーブルと操縦席の間には、向かい合う形で地図を書くための製図板が立つ。それはほとんどがタッチパネルで操作可能。ヘルプ機能付きなので、分からないことがあっても大丈夫だ。

操縦席には、コウヤお手製の小さな帽子を被ったダンゴがはまる場所があり、上半身だけ出るような感じだ。これにより、マンタと一体化するため、普段はコウヤやパックン以外には聞こえないダンゴの声も皆に聞こえるようになっている。

もちろん、人が操縦できるよう、操縦桿《そうじゅうかん》も別に用意されているので、必ずしもダンゴが操縦しなくてはならないということはない。

「あっ、でも実は予備の椅子が後四つあります♪」

操舵室の真ん中に二つある三人がけの椅子。その横に手を入れる場所があり、それを引き出すと補助席が出てくる。これは両側面についており、五人がけの椅子に変わるのだ。

「はい。ベニばあさま」

引き出した椅子に、今回同乗することになったベニを案内する。しかし、ベニは座らなかった。

「あの中央がええな」

「え？　だって、あの席は索敵《さくてき》と砲撃をするところだよ？」

「それ、やりたいわなぁ」

そう言って、ベニは前方中央の席に軽い足取りで向かっていった。そこには、元無魂兵だった神官が座っている。しばらくしてご機嫌な様子で戻って来た。

「どうしたの？」

「コウヤ達が降りている間は交代するように交渉《こうしょう》してきたわ。楽しみやなあ」

「……う、うん。じゃあ、留守中は頼むね」

「任せとき」

因みに、なぜベニがついて来たかと言えば、ただの散歩だ。

『最近、遠出もできんし、それに死ぬまでに一度は空を飛んでみたいわなあ』

身内に甘いコウヤがこの願いを聞いてしまった。それに、怪我人が出た場合、コウヤが治癒魔法を使うのでは目立つ。ならば、ベニに頼もうということになったのだ。

「司教様がいらっしゃるには危ない場所なのですが……」

困った表情で言うのは、今回の見届け役兼、捕縛時の引き渡し交渉をするためについて来たヘルヴェルスだ。

「それ言うなら、領兵長で次期領主のあんたもダメじゃないかい？」

「私は交渉役ですし……」

「ならわたしも万が一の時の治療役だ。問題ないさね？」

「……なるほど……」

納得させられてしまっていた。こんな感じで、誰もベニがついて来ることに反対できなかった。

見兼ねてルディエが助け舟を出す。

「そんなに心配しなくても、その人一人でも僕より強いから大丈夫だよ」

「そ、そんなにお強いんですか……？」

「伊達《だて》に長く生きてないからねえ。場合によっては戦力に加えてもらってもいいよ。最近は運動不足だからねえ。筋肉は使わんと衰《おとろ》えるで」

「「なるほど」」

「……」

これに感心するヘルヴェルスとタリスだが、ルディエ達、神官組は違った。一様に目を逸らして聞かなかったことにしている。運動不足だと言ったベニだが、つい最近コウヤにトレーニングルームを作ってもらったのだ。最初の教会の改築のおりに、雨の日でも外に出ずにいい具合に体を動かせる場所が欲しいということで、ランニングマシーンなどを作ってあげた。

『これは遠くに行かんでも、いい運動になって良いねえっ』

そう絶賛したのだが、それでも今回は遠出したかったらしい。結構ワガママなところがある、ばばさまだ。目を逸らしたルディエ達は、ベニが筋トレマシンなどで毎日数時間ほど鍛えていることを知っている。そのため、兵や冒険者達よりも圧倒的に鍛えているだろうと言いたかったのだ。言いたいが口にはしない。

「そういえば、ルディエ君達、名前は決まったの？」

コウヤはルディエ達を見ていて思い出した。元無魂兵達の部隊に、以前から名前を付けると言っていたのだ。

正式に国へも報告をし『聖魔教』が認められた今、本格的に護衛騎士でもという話が出たのだ。神教国など、多くの教会は聖騎士を擁《よう》している。そこで、せっかく鍛えているのだからと、部隊をきちんと作ることになった。特に重要なのは、ルディエを中心とした精鋭部隊だ。

「うん……白夜《びゃくや》部隊……」

「へえ。うん。かっこいいね」

日の落ちない夜の地がある。まさに白夜。それは聖地とされている場所。人が入れない特別な場所だ。神界《しんかい》への道がそこにはある。かつて、ベニ達はその地を見たという。絶対の聖域《せいいき》。その美しさをルディエに話したらしい。それがずっと彼の中に残っていたのだろう。そこにベニが口を挟む。

「散々迷っとったよ。候補には光る夜という意味で光夜《こうや》ってのもあったね」

「っ、ちょっ、なんで言うのさっ」

「他の子らは普通に聖魔部隊って名にしたがったんだがねえ。どうしてもって言うんだよ」

「っ、い、いいじゃないかっ。だいたい、師匠達も好きにしたら良いって言ったしっ」

「……そっか」

コウヤはちょっとびっくりした。

「名前……勝手に使おうとしてごめんなさい……」

「え？　別にいいよ？　でも、俺も白夜の方が良いと思うなあ。あそこは本当にキレイなところだしね」

「……うん」

こうして、精鋭部隊である『白夜』が誕生した。

因みに、そのメンバーが今回の同行者達だ。身体能力の高いルディエにもしっかりついて行けるメンバーらしい。

「でも、神子が先頭に立つのってどうなの？」

巫女や神子を守るのが聖騎士達の仕事でもある。それと同じ位置付けになる部隊のリーダーがルディエだ。白夜部隊は戦闘も行う。それもガッツリと。

コウヤがふと口にした疑問に、ベニが笑った。

「ええんよ。わたしらの弟子やしねえ。そうそう死なんでなあ」

「そう？　まあ、ばばさま達も司教や司祭になったけど戦いそうだよね」

「もちろんや。なんなら国一つくらい滅ぼしてやるで？」

「あはは。もう、ベニばあさまったら元気なんだから」

「「……」」

元気とかそういうレベルの話だろうかとか、本気でベニ達だけで国の一つや二つ消しそうだとか。言いたいけど怖くて言えない。二人の会話を聞いていたヘルヴェルスとタリスの目は、かつてないほど落ち着きなく泳いでいた。

特筆事項③　盗賊討伐作戦が決行されました。

ユースールを出発して一時間。一行は作戦開始の出発点である南の町、イバヌートの上空へと、たどり着こうとしていた。マンタは現在地上からは見えなくなっている。高度を取っている時はそのままなのだが、地上近くを低く飛ぶ時は見えなくしているのだ。

さすがに飛行船は、この世界の人々には刺激が強過ぎる。コウヤに慣れてきているユースールの者達だからこそ、なんとかこれを受け入れているだけに過ぎないのだ。

「じゃあ、降りるのは領兵長さん達と、僕とコウヤちゃん、それとそっちの三人だね」

船に残るのは船長のダンゴとベニ、それと白夜部隊の三人だけだ。彼らはマンタに乗ったまま上空で待機してもらう。

「ダンゴ、留守番お願いね」

《まかせるでしゅっ》

町から少し離れた場所で降りると、コウヤが馬車を出し、全員がそれに乗り込む。馬車を引くのはゴーレムの馬二頭だ。といっても、コウヤの技術は超一流。本物の馬にしか見えなかった。呼吸する様さえ再現するこだわりようだ。これにツッコむ者はもうここにはいない。

御者席《ぎょしゃ》にソルアと副隊長が乗り、中にヘルヴェルス、コウヤ、タリス、ルディエ、メイド姿の精鋭二人が乗り込む。

馬車の中は、三人がけの椅子が前後に向かい合わせになっている構造。前方には左にヘルヴェルス、その隣に精鋭の女性二人。後方には左にタリス、中央にコウヤ、右にルディエが座っている。空間拡張により、ゆったりと座れる上に揺れもない。ソファも程よくふかふかだ。

ヘルヴェルス達は兵の服装ではなく、富裕層が身につけるような身なりの良い服を着ており、ソルアや副隊長も侍従《じじゅう》らしく見えるだろう。コウヤ達もギルドの制服ではなく、それなりに裕福な家の子という装《よそお》いだ。

「設定の確認するよ？　僕らは中流の商人親子ね」

「俺とルディエ君はヘル様の子どもってことですよね。それで、マスターはおじいちゃん」

今後、町に入る理由は全て「王都に向かう途中」だ。

「お、おじいちゃんっ。コウヤちゃんがやっとおじいちゃんって認めてくれたよっ」

「コ、コウヤ、お父さんって呼んでみてくれるかいっ」

「え？　はい。お父さん」

「っ〜……うん。うんっ」

すごく感動された。タリスとヘルヴェルスが震えているのをコウヤが不思議に思っていると、今度は右に座るルディエの声が耳に入った。彼は先ほどから何やらブツブツと繰り返している。

「お、お兄ちゃん……兄さん……コウヤ……兄さん……っ」

時折赤くなるルディエ。メイドに扮する精鋭二人は、それを微笑ましそうに見つめていた。

《なんか面白いねえ (´･ω･`)》

「うん。こういうの楽しいかも」

偽の親子という設定はとてもワクワクした。因みに、パックンは足元だ。

「あっ、そうだ。これマスタっ、おじいちゃんに渡しておきますね」

「通行証だねっ。うんうん。ちゃんと商人用のだ。偽装登録カードなんて初めて見たよ」

「ゼットさんも、この国で発行されたのは初だって言ってました」

「そうそうないよね。冒険者を商人に偽装させるような事態」

コウヤがゼットから預かっていたのは、商人専用の通行証だ。

商人は、一人一人の身分証ではなく、商隊ごとに通れるようにカードを一つにまとめている。大きな商隊には、数十人の人がいるので、門を通る時にいちいち一人一人の身分証を確認していたのでは時間がかかる。これは貴族もそうだ。その中の一人でも何かに引っかかり、通れないなんてことになれば、そこで足止めされてしまう。

それを避けるため、商人や貴族は団体ごとに一つの通行証を持っている。この一団体の関係者の身元は確かです、と証明をするものだ。何かあれば必ず取り調べに応じると約束するものでもある。

「私もそれは初めて見ますね。発行できるのは三つ以上の商業ギルドマスターが承諾した時のみと聞いたことがありますが」

普通の商隊通行証と変わらないなと、ヘルヴェルスも珍しげにカードの見た目を確認していた。普段から領兵長として働くヘルヴェルスだ。通行証を確認する門番の作業も経験済みだった。そのため、一般的な商隊通行証と見た目は変わらないと確認できたようだ。

「今回はこの国の商業ギルド全ての依頼ですから、承認はすぐだったようです。因みに登録された商会の名は『ユスル商会』だそうです」

「それって、単純に……」

「はい。ユースールを縮めただけです」

「商業ギルドマスターなのにそのネーミングセンス……いいのかなって思うよ……」

タリスは呆れ気味だ。

商人、商業ギルド関係者は名前に気を使う。特に店の名前なんて、響きや売っているものが分かりやすいかどうかが大切になってくるものだ。センスが良い人が多いはずの商業ギルドで、なぜかゼットはこの手のことが昔から苦手だった。

「ゼットさんにしては良いとか今回色々言われてましたけどね」

「これでいいんだ……いや、うん。分かりやすいけどねっ」

「はいっ。間違えなくて良さそうです」

実際、このコウヤの一言で決まったようなものだ。他の候補名は色々と問題があった。

「最強マスター商会とか、ワンパン商会とか沢山候補あったんですけどね」

「っ、ユスル商会がすっごくイイねっ」

「ですよねっ」

タリス達はホッとしているように見えた。

無事に町に入ると、馬車でそのまま領兵の兵舎へ向かう。

「ここで今回捕縛に協力してくれる人と落ち合うんだ」

ヘルヴェルスは、冒険者達にも柔軟《じゅうなん》に対応できる各地の協力者と連絡をとっていた。彼らに捕縛を頼むのだ。

「その人達大丈夫？　兵の人達って、盗賊退治は俺らの仕事だっ！　とか言う奴ら多いでしょ？

捕まえてもなんでこちらに連絡しなかった！　とか言われるんだよ？　ユースール以外のギルドでは、領兵との交渉事が一番手間で腹の立つ仕事なんだよね～」

タリスが愚痴るのも仕方がない。ユースールが特殊なだけであって、他の町の冒険者ギルドと領兵の仲は悪い。その仲裁《ちゅうさい》をするのが各地の冒険者ギルドだ。

盗賊を倒したと領兵に報告すると、感謝されるどころか迷惑な顔をされる。出会ってしまったものは仕方がないはずなのに、先に報告しろと言う。ギルドに盗賊討伐の仕事が回されるのは、兵達が動かないからだが、文句だけ言うのだ。

「完全に上から言ってくるし？　退治できない自分達の無能ぶりを棚上げしといて文句を言うとか、何度潰してやろうと思ったかしれないよ」

「……申し訳ありません……」

タリスの言葉に、ヘルヴェルスがひたすら小さくなっていた。

「別に領兵長さんは悪くないよ？　寧ろユースールのあの団結力ってすごいからね。なんなら布教してよ。ってか国一つ乗っ取ってみない？」

話がおかしな方向へ転がり始めた。

「そこまでですか……？」

「うん。そのくらい迷惑してる」

「……」

この問題は本当に切実だ。今回のことも慎重に事を運ばなくてはならない。

相手は国さえ手を焼く盗賊団だ。本来ならば国の騎士団が解決に当たるべき案件。その彼らが手を出さないのは、今まで何度も作戦を行いながらも壊滅させることができなかったからだ。

これ以上、失敗は許されない。しかし、下調べをするとあちらに気付かれる始末。はっきり言って、遊ばれているのだ。

そうしてバカにされているという事実を、民に知られるわけにはいかない。そういう矜持《きょうじ》が邪魔をしている。もしそこで冒険者が討伐する動きを見せれば、負けてなるものかと身を乗り出して来るだろう。

彼らにとって、冒険者は教養のないただの荒くれ者でしかない。そんな見下している存在に討伐されるとなれば、邪魔をしたくなるのは当然だ。盗賊を討伐されることよりも、冒険者達よりも自分達が劣っていると見られる方が、彼らには我慢できないのだ。

「大丈夫ですよマスター。兵の人達のことも、ルディエ君達が調べてくれてました。ヘル様が集めた協力者の方々は邪魔しませんよ」

「そう？　ならいいけど」

ルディエ達は本当に優秀だった。事前調査では、盗賊団の各地に散らばるアジトを特定するのと同時に、その盗賊団に協力している者を探し出すことになっていた。彼らはそれをやり遂《と》げた上に、更に、ヘルヴェルスが協力者とする兵達の背後関係を全て洗い出していたのだ。

「それで、僕らが盗賊をやっつけてる間に、この町の中にいる盗賊の協力者を捕まえておいてくれるんだよね？」

タリスの言葉に、メイド姿のサーナが隣の仲間を視線で指しながら答える。

「はい。私と彼女で先導します」

「そっちの子は？」

タリスが目を向けたのは、コウヤからタブレット端末の操作指導を受けていたルディエだ。

「アジトの方の案内。町の中は二人で充分だし」

「信頼してるんだ？」

「単に、その辺の兵とか冒険者にも負けないって知ってるからだけど？」

ルディエはぶっきらぼうに言うが、信頼はしているのだ。何より、実力は間違いなくかなり上だ。

「心配ありませんって。彼女達の隠密スキルに敵う人はこの辺にはいませんよ。いくら経験豊富と言っても、異常なレベルですもん。本当、すっごいですよねっ」

「そのすっごいことになっちゃった原因は、間違いなくコウヤちゃんだと思うけどね？」

「え？　俺何かしました？」

「兵達に訓練したでしょうっ。絶対その影響だからねっ。なんで僕も交ぜてくれないの⁉」

最後の一言が間違いなく本音だ。

「なら帰ったら一緒にやりましょう」

「本当⁉　絶対だからねっ」

これでタリスの機嫌は取れた。

「……いいの？」

ルディエが小さな声でコウヤに尋ねてくる。

「うん。エルテさんにも言われたんだけど、最近、外に出ずに頑張ってたからストレス溜まってるんだって。程々に解放しないとヤバイらしいんだよね」

「……今日、ちょっと機嫌悪いのそのせい？」

「気付いた？　そうだよ。それに、なんか俺のこと心配してくれてるみたい」

「……？」

「君もだよね」

よしよしとルディエの頭を撫でる。

「っ……」

作戦会議の時の、他のギルドマスター達がコウヤを見る目が気になっていたらしい。気付いたのは、エルテに言われたからだ。そこまで気にしてくれていたとは思わなかった。けれど、それが誇らしい。こんなにも心配してくれる人達がいる。それはコウヤにとって嬉しいことだった。

「俺はそういう周りの評価とか印象とかあまり気にしないんだけど、君達が不快なら頑張ってみようかな」

コウヤは、言ってしまえば自分に関係のある人達にしか興味がない。知らない人達からどう思われようと構わないのだ。

「……程々に」

「ん？　そうだね」

「「……」」

小さな声で話しているコウヤとルディエの会話だが、向かいに座る精鋭の二人には聞こえていた。そして思った。コウヤが頑張るのはまずくないかと。しばらく考えた後、二人はそっと目を逸らして聞かなかったことにしたのだった。

「それじゃ、僕らはギルドに行くよ。手はず通りに頼むね」

兵達と行動してもらうことになるヘルヴェルス達と別れ、馬車から降りたタリスとコウヤ、ルディエはギルドへ向かった。

「どう？　コウヤちゃん。僕、お金持ちなおじいちゃんに見える？」

「はいっ。孫の買い物に付き合うおじいちゃんな感じが、しっかりと」

「だよねっ、だよねっ。よっしっ、可愛い孫のためならばお金を惜しまないよ〜♪」

設定通り、商人のおじいちゃんが、孫の欲しい物を探して歩いている風に見えるだろう。その孫の中にはルディエも含まれているのだが、本人はちょっと距離を取っているつもりだ。そしてこう思っていた。

「……普段とあんまり変わらないじゃん……」

普段もタリスがコウヤと連れ立って歩いていれば、孫と一緒に歩くおじいちゃんにしか見えないのだ。タリスとコウヤは設定通りにと気合いを入れているようだが、そんな必要はないとは、さすがのルディエも言えなかった。

やがてギルドに着いた。そのままギルドに依頼をしに来たという体《てい》を装う。幸いなことに、タリスの顔を知っている者は少ない。もし知っていたとしても、冒険者仕様でもギルド職員の制服でもないタリスを、元Sランクの冒険者だとは思わないだろう。

コウヤも顔を知られていないし、ルディエもそうだ。そのまま、タリスが手慣れた様子で依頼人用のカウンターへと向かう。

「ようこそ、イバヌート冒険者ギルドへ。ご依頼ですか？」

「ギルドマスターと約束をしているユスル商会というものです」

「っ、しょ、少々お待ちください」

受付の女性は、急いで奥へ駆け込んでいく。それほど待たず彼女は戻って来た。

「お待たせいたしました。こちらへ」

女性は三人を促して歩き出した。

ギルドの内部構造はどの町も変わらない。大きさもほとんど違いはなく、間取りは同じだ。違うのは家具などの配置だけ。

「こうやって違うギルドに来ると、ウチが変わってるって分かるよね」

「すみません……」

「なんで謝るの？　びっくりするほど使いやすいよ？」

タリスはユースールのギルドをとても気に入っている。表から見える場所は当然のように綺麗にスッキリ整理されているし、通路も狭くならないように収納を上の方に取り付けたりと、機能的に考えられていた。

「本当ですか？　ならいいんですけど……思いつくままに勝手に改造しましたからね～」

「よくあのバカ共が許したね？」

タリスの言うバカ共とは、処罰された前任のギルドマスター達のことだ。今頃は、鉱山迷宮で働いているだろうか。先日、尋問は全て終わったと聞いていた。

「色々と小言を言う人達はまとめて出かけてくれるんで、留守の間に作業したんです。隠し扉とかを作っても気付かれませんでしたよ」

「え？　そんなのあるの？」

「ありますよ。エルテさんはちゃんと把握してます。計算途中の経理の書類とかは隠さないと、ちょっと目を離した途端に書き換えられるんですもん」

あれを計算し直したりするの大変なんですよ、とコウヤは話す。それを聞いていた案内に立つ女性は、不思議そうな顔をしていた。

「なにそれ……バカだバカだとは思ってたけど、そこまで腐ってたの？　もっと早く報告して欲しかったよ」

「すみません。どこのギルドもこんなかなと思っていたもので」

「そんなはずないでしょっ。不正だらけって、それもう組織としてダメダメだよっ」

「あはは。ですよね～。なので、内輪揉めして自滅するのを待ってたんです」

「……え？　それ初耳なんだけど……」

確かに言ってない。そこで、女性が立ち止まり、困惑の表情で振り返った。

「あの……こちらがマスターの部屋になります」

「あ、ごめんね。失礼するよ」

中に入ると、通信で見たギルドマスターと、他に二人の男性がいた。ギルドマスターが立ち上がって小さく頭を下げる。彼も冒険者からマスターになった人らしい。Aランク止まりではあったが、Sランクであるタリスが異常なだけで、充分に強者といえる。

「タリス殿。お待ちしておりました」

「うん。準備はできてるかな？　参加するのはマスターである君ともう一人と聞いたけど」

目を向けるのは、引き締まった細身の青年。二十代と思しき男だ。もう一人はあまり実戦慣れしていない体付きだ。なので、行くとすれば青年の方だろうと分かる。その青年がキリッとした顔でタリスへ深々と頭を下げた。

「メットと申します！　ご期待に沿えるよう、全力を尽くします」

「そんなに肩肘張らなくていいからね」

「はっ」

「……」

なんだか兵と話しているような気がしてくる。実際、彼は冒険者から領兵になり、またギルドへ戻って来たという変わった経歴を持っていた。

「それで……そちらの者も同行するというのは本当でありますか」

「そうだよ。ウチの万能で優秀なギルド職員のコウヤちゃんと、今回の調査をしてくれたルディエ君だよ」

ルディエはちらりと視線を一度向けただけでそっぽを向く。全く興味がないらしい。見た目は若いルディエだが、実際はタリスよりも年上だ。これでもルディエは、教育もちゃんと受けた歴代でも一、二を争う実力を持つ神子。年上の存在には敬意を払うことを知っている。今回の相手は間違いなく年下なのでそうする必要はないと思ったのだ。

「……その子どもが……？」

「ルディエ君は優秀ですよ？」

「……では君は？」

「俺ですか？　どうでしょう？　一人でAランク相当のレベル4の迷宮を何度も攻略できるくらいの力はあるんですけど……あっ、攻略情報見ますか？」

どの迷宮のどの階層まで何度行ったかがギルドカードには記録されており、同じように討伐情報も蓄積されている。本人が確認できるのは、直近の討伐情報と攻略した迷宮の情報まで。しかし、ギルドには、その全ての履歴《りれき》を確認できる魔導具がある。ただ、これを勝手に見るのは規則違反で、何より、複数のギルド職員によって特別な魔導具を起動させる必要があった。

ただし、本人が見せても良いという場合は別だ。討伐や攻略証明などに必要となれば、開示することが可能だった。

「っ、そこまでは必要ない……」

気まずそうに青年は目を背けた。それにタリスが追い打ちをかける。その瞳には鋭いものが混じっていた。

「なあに？　僕の評価が気に入らない？」

「っ、滅相《めっそう》もございませんっ！」

「そう。なら、時間もないし出発するよ？」

「承知しました!!」

彼とギルドマスターと連れ立って部屋を出ていく途中。コウヤの隣に来たルディエが不満そうにしていた。

「なんなのアレ……」

「気にしちゃダメだよ。大丈夫。俺が実力を見せれば問題ないんだから」

「……うん」

渋々納得したルディエの頭をポンポンと叩いて、コウヤはタリスを追う。

「……久しぶりに良い運動ができそうだし、気分良く終わりたいよね……」

その言葉はルディエにもタリスにも聞こえなかった。聞いていたのは、コウヤが肩に斜めがけにしている、小さな箱型の鞄のみ。それはパックンだ。今回は体を小さくして服に合うように偽装していた。小さくなった分、表示される文字も小さくなり、誰にも読めない。

《本気出していいよね♪》

これは触れているコウヤにしか伝わらない。だからふっと笑って小さな声で呟くように答えた。

「殺さない程度にね♪」

神であるコウヤも、ギルド職員であるコウヤも優しいだけではないのだから。

ルディエを先頭に、タリス、コウヤに加えて、この町のギルドマスターとメットと名乗った青年の五人だけで歩いて町を出た。ギルドマスターに案内される商人という形で門を通る。門から充分に離れ、街道を逸れた辺りに来ると、魔力循環により身体能力を上げた状態で駆け出す。一流の冒険者ならば可能な技術。これにギルドマスターとメットが驚きながらもなんとかついて来る。

「ちゃんとついて来てよね」

ルディエの呟きは特殊なもので、後ろをついて行く者達の耳にだけ入る。隠密スキルに含まれる能力の一つで、これは中途半端な実力の者には無理だ。よって、たったこれだけで、ルディエの隠密スキルが一流だと理解できる。

「「……っ」」

同じように、コウヤも実力者であるというのは、身体能力強化で理解できる。その上、ギルドマスターとメットはついて行くのに必死なのに対し、コウヤはタリス同様に余裕だ。技術が二人よりも上なのだということが証明されていた。

富裕層が身につけるような上等な服を着ながら駆けるコウヤ達の姿は、改めて見ればとても奇妙だ。コウヤ達の服はいつもとは違うので、普通なら動きにくくなるものだが、素材にこだわった今回の服は、実はその辺の冒険者の鎧よりも頑丈《がんじょう》で伸縮性に優れていたりする。

次第に深くなる森。時折、ぴょんぴょんと木の枝を足場にして駆けていくコウヤ。先頭の小さくて身軽なルディエもそうだが、それに負けじとタリスが食いついていく。

「コウヤちゃん達、元気過ぎない？」

「そうですか？　森を移動する時はいつもこんなものですけど」

「うわ～……あれかな？　若さかな？」

「「……」」

追っている二人は違うと言いたいらしい。

そうして、辿り着いた場所から見えたのは盗賊のアジト。洞窟《どうくつ》だった。

息を整えているメットとギルドマスターをよそに、コウヤとタリスは静かにそのアジトを、草むらに身を潜めながら見つめた。タリスが「こんな所に」と感心しながら呟く。

「天然の洞窟？」

「うん。他に入り口もあるみたいだから一度見て……」

これに頷きながら、ルディエが構造を確認してくると言って立ち上がる。そこまでの調査はできていないのだ。とはいえ、ルディエほどの隠密スキルがあれば、メット達の息が落ち着く頃までに軽く調べられるだろう。しかし、それをコウヤが止める。

「その必要はないよ。待ってて」

「……？」

「コウヤちゃん、何描いてるの？」

いつの間にかコウヤの手元にはＢ４サイズのスケッチブックが用意されており、そこにサラサラと何も見ることなく何かを描きつけていく。

「それ、何？」

ルディエが『それ』と言ったのは、コウヤが手にしているもの。

「これ？　鉛筆だよ。炭棒と同じような感じかな」

「マッピングに使うっていうやつ？」

「そう。ペンだとインクも持って行かないといけないからね」

この世界では、炭を使って何かに書いたりする。特に冒険者は、迷宮に入る時に迷わないようにマッピングをする時に使っていた。ただ、細いと戦闘などですぐに折れてしまうから、握れるくらいの欠片《かけら》を持ち運ぶのだが、そうなると先端を使うのに苦労する。

そこでコウヤが作ったのが鉛筆《えんぴつ》だ。周りの木で芯《しん》を守り、少し削れば先端も出来る。しかし、コウヤもこういう時にしか使わないので、これを知っている者は今までいなかった。

タリスは目を丸くして、感激のあまりコウヤの肩を掴んだ。コウヤは慌てて遮音《しゃおん》の結界を張る。

「何それ！　すごいよ！　こんな小さくていいなら持ち運びも問題ないし、売ろうよ！　ゼットちゃんには言ったの⁉」

コウヤは『ゼットちゃん』呼びに驚きながら、首を横に振る。

「忘れてました」

「言おうよ！」

スクーターなどもそうだが、自分の中で『これ欲しい』となって作るものは、作ったらそのままそこで完結してしまうのだ。何より、コウヤは『これがあったらな』という前世の知識があるから不便に思うだけだ。こういうものは、この世界の人達に考え出していって欲しいと思う。

これはコウヤの勝手な希望だ。前世で暮らした世界のように、いつかこの世界も進歩、発展して欲しいと願う。考え、思い合い、助け合い、見つけ出して欲しい。これは神としてのコウヤの願いだ。

今までも、技術を教えてもアイデアは出さなかったりする。コウヤの作り出したものを見て刺激を受け、作り出そうとする力を見せて欲しいのだ。しかし、それでも飛行船など、とんでもないオーバーテクノロジーは遠慮なく見せている。

結局のところ、コウヤ自身もどこまで手を貸して良いものか測りかねているのだ。理想と現実の擦り合わせというのは難しい。

「帰ったら絶対、商業ギルドに行こうね！」

「分かりました……っと出来ましたよ」

タリスに答えながらも、それは完成した。後ろから覗き込んだルディエは、それが何であるか分かったらしい。

「もしかして、あの洞窟内の地図？」

「え!?　分かるの!?」

「「……」」

タリスが大げさに騒ぐ。結界を張って正解だ。とはいえ、この結界がなければタリスも不用意に叫んだりしないだろう。コウヤがこうすると分かった上での態度だ。因みに、息を整えていた二人は絶句している。

「気配察知と空間認識スキルの応用です。それより、大雑把《おおざっぱ》でいいので覚えてください」

「了解！」

タリスとルディエだけでなく、息が落ち着いてきた青年とギルドマスターも真剣な顔で覗き込む。

「今ここから見える入り口の他に、ここここにも入り口があるんだね。割り振りどうする？」

タリスがコウヤへ尋ねる。

「こっちは俺が行きます。それで、ルディエ君とパックンでそっちを。マスターとそちらのお二人は正面から行ってもらえますか？」

「ふんふん。奥へ追い立てて行けばいいね」

「はい。手加減しなくてもいいですよ。奥の方にいるのは俺とパックンで捕まえられますから」

「それいいねっ。よろしく～。奥にいるのは頭《かしら》とかだもんね。そこは押さえてくれる？」

コウヤならば、誰がこの場所の盗賊達をまとめているのかも分かるだろう。それはルディエでも分かるかもしれない。タリス達は思う存分暴れればいいのだから楽だ。効率も良い。

「もちろんです。ルディエ君も良いね。幹部っぽいのは全部パックンに任せて」

「分かった」

コウヤは斜めがけしていたパックンをルディエへ渡す。

「中に入ったら、この紐《ひも》外してあげて。そうしたら、パックンの好きにさせてあげていいから」

「うん」

これで準備は整った。

「そんじゃ、行きますかっ」

「「「おう！」」」

ルディエ以外が声を上げ、そのままそれぞれの向かう入り口へと駆け出した。


コウヤはタイミングを計っていた。

正面から、タリスと応援のギルドマスターと青年メットが入っていくのを感じ取る。ルディエとパックンも別の入り口へ辿り着いたらしい。声が聞こえてきた。

正面からの奇襲に、盗賊達はこちら側へ脱出を図ろうとしているのだ。幹部達も間違いなくこちらに逃げて来るだろう。そこでコウヤは遠慮なく彼らを穴に落とした。

「ぎゃぁぁっ、な、なんでこんなっ」

「わっ⁉」

「穴っ⁉　ちょっ、来るなっ！」

「うわぁぁっ」

「ひっ、気を付けろっ、落ちるぞっ」

大混乱だ。

まだ昼間だとはいえ、ここは深い森の中で隠されている。更に、コウヤの魔法によって穴の入り口が草で覆われて見えるのだ。

やって来る盗賊達がどんどん穴に落ちていき、下にいる者達が、次から次へと落ちてくる仲間達に潰されないように逃げ回る。しかし、コウヤが落ちて怪我をしないようにと気を利かせたため、下はふわふわとした土になっており、落下した時に足がはまってしまうのだ。

「ぬ、抜けねぇっ」

「おいっ、もう来るなぁぁっ」

「罠だっ。中に戻れっ！」

下からの警告など、聞こえたところで何がなんだか分からないだろう。落ちた人達の姿も見えなくなっているのだから。どこから声がしているのかも分からず落ちていく。

「……ちょっと掘り過ぎたかな？」

そんなことを思いながら、コウヤは穴の手前で屈み込んでこの事態が収束するのを待つ。とっても暇だ。とはいえ、これでとりあえず大半の処理は終わる。

「おっ、おいっ、そこのガキ!!　てめえの仕業《しわざ》かっ」

下からはコウヤの姿もバッチリ見える。呑気に鼻歌でも歌い出しそうな様子に映っていることだろう。

「あ、はい。大丈夫ですか？　怪我してません？」

「お、おう。それは大丈夫……って、お前がやったんだろうが!!」

「え？　そうですけど？」

　間違いなくやったけど、と首を傾げる。

「お前っ、俺を誰だと思ってやがるっ」

「あっ、幹部の人ですか？」

「はんっ、ふざけんなっ、俺はこの支部をまとめてるっ……」

　まとめていると聞いて、コウヤは満面の笑みを浮かべる。予定通り、ここの頭《かしら》を捕まえられたようだ。それも恐らく無傷で。

「良かった〜。本当にお怪我はありませんか？」

「お、おう……怪我はねえけど……」

　毒気《どくけ》を抜かれた男は、そこまで気を遣われたことに驚いている。

　コウヤは、まだ中にいる者がタリス達と交戦しているのを感じながら、男に提案する。

「全部終わるまでまだ時間がありそうですし、少しお話をお聞きしてもいいですか？」

「え、いや……は？」

　コウヤは先ほどから気になっていたことを口にした。

「恐らくあなたとそちらのお二人は貴族の血が入っていますよね？　それも直系筋の」

「っ、なんでそんなことが分かる……っ」

「貴族の方って、魔力波動が独特なんですよ。血筋を重んじているからでしょうね。それに小さい時から魔力制御の教育を受けるでしょう？　それによって貴族特有のものができてしまうんです」

教える者も貴族の出だ。そうなると、代々貴族特有の方法で魔力制御を行うようになる。それが魔力波動に影響するのだ。これによって、コウヤには貴族かそうでないかの判断がしやすくなっていた。

「それでですね。盗賊にこれだけの確率で貴族の血が入っている人がいるというのは奇妙です。普通はあり得ません」

町にいる協力者。ベルティの話では、その協力者を勧誘する者が貴族の出の男だったという。それがどうしても気になっていた。ルディエ達の調べから、それは他の町でも同じだったらしい。身分を偽ったのだとしても、わざわざ『家を出た貴族の男』だと名乗っているのは奇妙だ。

元貴族が単に裏で繋がっているのではなく、盗賊団の幹部になっている。そんな愉快な想像をできる者が果たしてこの世界に何人いるだろうか。実際に盗賊団の中に元貴族がいなければ、考えもつかないことではないかとコウヤは感じていた。

「それにおかしいと思ってたんです。『霧の狼』は結構な大所帯。勢力も強いというのに、この国の外に出て行かない。確かに今まではあなた方にしてやられていましたが、それでも、もっと楽にあなた方がお仕事のできる国はあるでしょう？」

「……」

やりやすい国というのはあるはずだ。この国は大陸の中でも、騎士達の力もそれなりにある。盗賊とは、落ちてしまった人達の集まりだ。真面目に働いて生きることを捨てた者達。誰かから奪うことで生きている。普通は生きる場所など気にしないものだ。楽に奪える場所があるならば、そちらに流れる。それが自然だった。

「あなた方はこの国にこだわっているように思えます」

「……それのどこが悪い」

いつの間にか盗賊の男はコウヤを静かに見つめていた。それは、奪うことしかできない人の目ではなかった。何か一つを貫こうとする生き方のできる人の瞳だと思った。

コウヤはそんな男を見透《みす》かすように呟いた。

「……ザルタの革命軍……」

「っ⁉」

目を見開く男のその表情が答えだった。

「『霧の狼』の動きが統率《とうそつ》の取れたものになったのは、革命軍が敗れて間もなくの時期だったと記憶しています」

「っ……そうだ……俺らはこの国を……恨んでる」

「確か、革命軍の幹部は貴族の子息や庶子《しょし》達で構成されていましたね」

家の跡を継げず、そのまま放り出される三男以下の者達が多く、そんな彼らは、兄達から辛く当たられながら育った。不満を持たないはずがない境遇だ。その上、彼らには納得のいかない制約が課せられていた。

「あなた方が問題にしたのは、今代の王の一つの政策。『家督《かとく》を継ぐ継嗣《けいし》と、補佐役となり得る一人にのみ、貴族の血を引く女性との婚姻を許す』というものですね」

「ああ……」

血統を重んじる、貴族達特有の考えから生まれた政策。それが、彼らには何よりも納得のできないものとなったらしい。

「俺には婚約者がいた……それが、あの馬鹿げた政策一つで消えた！　許せると思うかっ。心から愛した人を、三男だからという理由で取り上げられたんだっ」

この政策が施行されたのは六年前。その背景には、病に倒れた王を傀儡《くぐつ》としている大臣達の動きがあった。恐らく、王は丸め込まれただけだろう。それでも、政策を認可したのは王の責任だ。

「俺らだって、これが第二王子を次の王にするために上の貴族達が考えたものだって分かってる。けどなあ、そんな腹黒い馬鹿共のせいで俺らは婚約者を失った！」

彼らの婚約者達の中には、これによって自害した者もあった。

第一王子は賢《かしこ》く、貴族達の大半が嫌っていた。王位を継がせてしまえば、自分達が粛清《しゅくせい》される。なんとしてもそれだけは避けたいのだ。だが王子は、正式に迎えられた第一王妃から生まれた第一子。何もなければ王位は彼のもの。王妃も侯爵家の生まれで血筋は確かだ。

第二王子の母も侯爵家の者だが、より血筋を遡《さかのぼ》れば王族の血も入っていた。その血筋を重んじることをより効果的に示すためにこの政策が成されたのだ。

「あんな王達の治める国など滅んでしまった方がいいっ。だから俺らは……っ」

「それでも、これは間違っていますよ」

「っ……」

コウヤは立ち上がり、男を見下ろして告げた。

「事情は分かりました。けれど、あなた方は方法を間違った。それは反省しなくてはなりません」

「ならどうすりゃいいっ」

「ここで大人しくしていてください」

「っ、ま、待て……っ」

そうして、コウヤはこの問題は後にすると決め、パックン達のことも気になったので、最後の仕上げをするためにアジトに入った。

コウヤはまず、ルディエとパックンに合流するつもりでいた。真っ先に逃げ出したのが頭《かしら》の男や幹部の者達だったので、恐らくルディエ達の方にもそういう重要な者が行っている。パックンがいるから問題はないと思うが、ルディエはあれで殺し屋のようなものだ。手加減ができているか心配だった。

ほどなくして、パックンの姿を確認した。

《これで十五人！♪(´ε`)》

まさに『パックン』しているところで、ルディエは気絶させた者を縄で縛り、更に二人ずつまとめているようなのだが、その縛り方が独特だった。

「……これだと動けないね」

「あ、兄さっ……」

「それでいいよ？」

『兄さん』呼びを一生懸命練習しただけはある。咄嗟に兄さんと呼べるのだからそれで良い。

「うん兄さん……背中合わせだと支え合えるから、こっちにしてみたんだ」

「そっか。なるほどね」

男達はペアで向かい合った状態にして縛られていたのだ。

《すっごいイヤそう(=^▽^)σ》

「うん。目が死んでるね。ちょっと気の毒」

因みに、二人は手を後ろで縛られた上で向かい合わせにされており、肩甲骨《けんこうこつ》の下辺りと膝上の二ヶ所で括られている。身動きできないが、したくないというのが本心だろう。おじさん達がくっ付いているのだから、あまり見目がいいものでもない。なので、コウヤはとりあえず視界から外しておく。

「パックンはこのまま進んで。俺はマスターの方に行くから……ルー君は盗んだ物の置いてある場所とか、書類とかないか調べておいてくれる？」

「っ、う、うん。任せて、兄さん！」

盗賊達がそこら辺に転がっているので、名を呼ぶのは良くないかと思い、思い切って『ルー君』呼びしたのだが、ものすごく喜ばれた。これは今後もこう呼んだ方がいいかもしれない。

「なら後でね」

パックンがパックンできる容量が気になるが、今までもいっぱいになったとは聞いたことがないので、大丈夫かなと結論付けて、コウヤは駆け出した。

彼は人の動きをずっとトレースしていた。タリスがしんがりを務めているようで、逃した者はいない。奥へと突き進んでいくのは、協力してくれているギルドマスターとメットだ。幹部達は既に捕らえられたようなので、手加減なしでやってもらっても構わない。コウヤの見たところ、この盗賊団にいる者の大半は生粋《きっすい》の、と言ってはなんだが、元々盗賊だった者達だ。

頭《かしら》であり、頭脳である貴族の子息達が指示していたとはいえ、これまで捕まるようなこともなかった経験豊富な盗賊達。それなりに実力はあるのだろう。多少手間取っているようだ。

「う～ん……どうしよっかなあ」

コウヤはそう呟いて、向かってくる男を定規《じょうぎ》ではたき落とすようにして気絶させる。この三十センチものさしは、この世界で最も丈夫な世界樹で作ってある。殴られれば鉄のように感じるし、魔術を纏《まと》いやすい。その気になれば鉄でも紙のように切れる優れものだ。いつものようにペーパーナイフで相手をすれば、スッパリ色々なところが斬れてしまうので、今回はこちらにした。

「意外と使い勝手がいいかも」

ニコニコと笑いながら次々と向かってくる盗賊達を寝かせていく様子は、遊んでいるようにしか見えなかった。

「よし、ここで待ってようかな」

コウヤは即席で牢屋を作った。地面を使ったので、大人の胸に近い深さまで下に掘れてしまうが、それはそれで良い。牢屋と言っても見た目は奥行きのある大きなネズミ捕り器のようなものだった。出入り口は上下に開くようになっており、端に伸びた棒を引っ張るとそれが開く仕組みだ。深く掘ってあるため、中に入ったら出るのは困難だ。

気絶させた男達はきっちりそこに入っており、コウヤは次の獲物を待った。

「なっ、なんだこれっ」

「どうなってっ」

「子ども!?」

いきなり現れた牢屋にびっくりしながら駆けてくる男達を、コウヤがペンペンっと、ものさしで叩いて牢屋に放り込む。まるでお掃除をしているように見えた。

「はいは〜い。お次の方どうぞ〜♪」

「なにしてっ、ぐほっ……」

「一体なにっ、ぐっ……」

混乱したまま男達がネズミ捕り器に捕獲されていった。そこに最後の集団を追い立てながら、ようやくメット達がやって来た。

「これで全部ですかね？」

「……え……」

「は……？」

ポカンと口を開けて立ち止まった二人に笑顔で質問する。二人は牢屋とコウヤの手にしている物を交互に見るのに忙しそうだった。

「うわあ。またコウヤちゃんは面白いことしたねえ」

「あ、マスターお疲れ様です。本当に最後みたいですね」

後から来たタリスを確認して、コウヤは改めて人の気配を探るが、他にはいなさそうだ。

「うん。そっちは？」

「逃してませんよ。今、ルー君が内部を調査中ですけど、これで一つ目が終了ですね」

「だね♪」

「「……」」

固まってしまったメット達のことなど、コウヤもタリスも気にしていなかった。


コウヤは、ヘルヴェルス達が来るのを待つ間に、アジトに入る時に穴に落とした盗賊達の所へ戻った。土を操作し、穴の中の土をせり上がらせていく。そして、先程アジト内で作ったような牢に変更する。足下がせり上がったことで、出られると思った盗賊達は一瞬歓声を上げたが、すぐにガクリと膝をついていた。

「もうすぐ兵がやって来ます。お頭さん、その前に少しだけ別で話しましょう」

「……ああ」

頭《かしら》であった男だけを出し、コウヤは少し離れた場所に椅子と机を用意する。これも土魔法で作った。

「かけてください」

「……逃げるって思わないのか」

「思っていても、やらないでしょう？」

「……」

素直に男は正面の椅子に腰掛けた。実際、彼が逃げようとしたところで、コウヤは簡単に捕らえることができるだろう。それだけ絶対的な実力の差がある。男が逃げないのは、これに気付いたからというわけではない。もう諦めてしまったのだ。彼の中に今あるのは絶望だった。

「そんな顔をしないでください。俺はあなた方が一方的に悪いとは思っていません。ただ、無関係の人を巻き込んだことは良くなかった」

自分の意見を主張するのならばそれで良い。けれど、それは当事者同士でやるべきことだ。盗賊となって、関係のない冒険者や商人達を襲うのは許されることではない。

「人は、生きている以上、誰かに、何かに迷惑をかけてしまうものです。一人では生きられない。そういう不完全な生き物です。だから考えることを許され、番《つが》いや仲間を求める。それでも最低限のマナーというものがあると思います」

「……」

誰かを求める欲求。それがあることで子孫を残し、思想を説く。これが、神が作り出した人というものだ。世界を回すために生み出された生き物だ。

「人々が作り上げたルールの中であっても、誰かが誰かの思惑《おもわく》で一方的に搾取《さくしゅ》される状況はあってはならない。俺はそう思います。だから……それをお預かりしましょう」

「っ、き、気付いていたのか……っ」

男は、真っ先に逃げ出そうとした。それは不利をいち早く悟ったからではない。

「何一つ持たずに逃げ出すほど、あなた方は弱くはないでしょう？」

「っ……これだけはと思ったんだ……」

奇襲を受けるとは思わなかったのだろう。だから焦った。何をおいても守るべき物があったのだ。だが、頭《かしら》が真っ先に駆け出したことで、配下の者達も逃走を選んだ。それは、彼の予想とは違った。

「逃げるつもりはなかった……これを兵に、国に見つけられることだけは避けたいと思ったんだっ」

男が懐《ふところ》から取り出したのは報告書のようなもの。それを受け取り、目を通したコウヤは肩をすくめた。

「よくここまで調べられましたね」

内容は、この領を治める大臣の不正の告発文だった。

これを見れば分かる。それは執念《しゅうねん》と怒り。人はこれほどのことを強い感情によって可能とすることができるものなのかと、改めて思い知らされた。この可能性を、他のものに向けて欲しかった。

コウヤは残念に思いながら目を伏せる。

「もう逃げられないのは分かってる。俺がやったのは、間違いなく犯罪だ。盗賊になったんだから、それは分かってた」

革命に失敗して兵達から逃げ延び、そこでどのみち追われるならばと盗賊になった。捕まれば結果は変わらないのだから。

「お前は嫌いじゃない……だから言う。俺らはただ盗賊に落ちたわけじゃない。機会を待ってた。

あいつらを残らず引き摺《ず》り下ろす。犯罪者となっても、最後は奴らにも同じ絶望を味わわせてやると誓《ちか》ったんだっ」

捕まっても構わない。けれど、その時は、自分達を不幸にした大臣達も道連れに。そう決めていた。

「……あなたの話を聞いて、もしかしてと思いました。『霧の狼』のアジトは、大臣達の領や王都近くに集中しています。それと、過去に襲われたという報告を受けた商人や冒険者の大半は、その大臣達に関わる仕事の最中であったはずです」

コウヤはアジト内の掃除をしながらも世界管理者スキルでこれらを調べていた。もちろん、何の理由もなく襲われる件もあったが、それを抜きにしても大臣に関わるという共通点が多かったのだ。

やはり気のせいではなかったらしい。

「そうだ……統制し切れない下っ端共は普通に盗賊をしてたが、ほとんどはそこを狙ってた。不正の情報を集めるためにも必要だったんだ」

「なるほど。それでこれだけは捕まっても守ろうと思ったのですね」

「ああ。ここが……俺がダメになっても、外に隠しておけば他の支部の連中がいずれ見つける。何があってもこれを兵の目に入れるわけにはいかねえっ」

男はこれを隠そうといち早く外に向かって行ったのだ。奇襲してきたのが、大臣の手の者だと思っていたということもあった。この調査のことが知られてしまったのではないかと疑ったらしい。

「やり遂《と》げたかった……せめて一矢《いっし》報《むく》いて死ねればいい……」

「死なせませんよ。死んだら反省なんてできませんからね。そこは上手くやってもらうように話は通してあります」

「え……」

立ち上がったコウヤは、男に牢へ戻るように告げる。

「もう少し大人しくしていてください。死ぬことは許しません。生きて待っていてください。これが白日《はくじつ》の下にさらされる時を。それまでこれは俺がしっかり預かっておきます」

「……」

目を見開く男に、コウヤは笑みを見せる。これに男は観念したかのようにゆっくりと立ち上がり、大人しく牢へ戻った。コウヤの『死ぬことは許しません』という言葉は呪いのように彼の心に穿《うが》たれた。彼は今後一切、自死を考えられなくなる。これが神としての言葉の力だった。

アジトの中に戻ったコウヤは、そこに潜んでいたルディエへ声をかける。

「ルー君、聞いてたでしょ」

「……うん……ごめんなさい」

「別に怒ってないよ。でも、どうかな。さっきのを聞いて、預かっておいた方がいい物ってあった？」

男は最低限、これだけでもと思って告発文を持ち出したはずだ。ならば、それ以外の大臣の不正の証拠品が残っているかもしれない。

「見てもいい？」

「そうだね。これを確認して、必要な証拠品とか探してくれる？」

「いいよ。兵が来るまでにだね」

「ルー君ならできるよね」

「もちろん！」

ルディエはコウヤから渡された告発文を一読すると、素早くアジトの奥へと身を翻して行った。

《手伝ってくる(๑╹ω╹๑)》

「ありがとうパックン。でもちょっと待って。捕まえた人で、こういうの持ってる人いないか確認してくれる？」

《む～、いた！(´⊙ω⊙`)》

コウヤは屈み込んでそれを待つ。すると、パックンはその紙だけを吐き出した。

《これ！》

収納したものを分解もできるパックンだ。その気になれば捕まえた人の靴だけ出すこととかもできる。もちろん、やろうと思えば服だけ出すことも可能だ。その場合、裸の人が残されてしまうのでやらないようにと言い含めてある。

コウヤは出てきた紙に目を通す。これも調査資料のようだ。

「じゃあ、まず中の人達を牢に出してくれる？　その後、悪いけどルー君の手伝いを頼めるかな」

《任せて！(*´ω`*)》

コウヤは目を閉じて探査範囲を一気に広げる。ヘルヴェルスが兵を連れてやって来るまでの時間を計算しながら、ルディエを信じて待つ。託《たく》された資料に今一度目を通して、ヘルヴェルス達にどこまでどう話すかをじっくりと考えるのだった。

特筆事項④　王子様に出会いました。

最初の強襲から五日が経った。昼間でも夜でも関係なく潰して回ったことにより、一日平均五ヶ所。一ヶ所平均三時間のお仕事だ。各地の協力者であるギルドマスターや職員達は、最初こそコウヤの実力を疑っていた。メットのようにあからさまに口にしたり、態度に出したりする者もいたが、ほとんどが目的地に到着するまでに心を折られた。

反発し続ける者がいても、ルディエやタリスがわざとコウヤの活躍の場を作り出すことで、全員が沈黙する。そのうち数人は、これ以降の業務にも支障が出そうなくらい、衝撃を受けて落ち込んでいたので、少し心配だ。

そうして、六日目の昼。ついに『霧の狼』をまとめるアジトのある領に辿り着いた。

「追い込み作戦も成功して良かったよ」

「はい。ここまで問題となる討ち漏らしはないそうです」

アジトを襲撃し、軒並《のきな》み捕まえてはいるが、その間に外に出て行った者もいる。そういった者達は、身を潜めながら近くのアジトへ助けを求めに動く。頭《かしら》の教育が良かったのだろう。もしもの時の動きは決まっていたらしく、北へ向かって追い立てる間にほとんど捕まえることができた。

「はぐれ者もいるようですが、野良《のら》の盗賊ならば冒険者の方も手間取らずに打ち倒せるでしょう」

「そうだね。さて、最終戦といきますか」

ここまでコウヤは、最初と同じように告発文や資料を全て受け取り、保管していた。これについて話したのは、ベニと白夜部隊にだけだ。目を通したベニの最初の感想はこれ。

「よくもまあ、これだけバラバラと沢山出てきたもんだねえ。調べた執念もすごいわ」

コウヤと同じで感心していた。

「領兵長さんには言わん方がええね。顔見知りもおったようだで、察してはおるかもしれんが、こんな面倒事を今は背負わせん方がええ」

ヘルヴェルスは、最初に捕らえた男を知っていたようだ。年齢が近かったこともある。恐らく、まだ男が出奔《しゅっぽん》する前に貴族の通う学園ででも会っていたのだろう。男をはじめに見た時、お互いがとても驚いた顔をしていた。それから、ヘルヴェルスはずっと何かを考えながら過ごしている。

「でも、経緯だけは伝えた方がいいかな？　あんなにヘル様が悩むなんて……」

「まあ珍しいみたいやねえ」

副隊長やソルアが動揺しているのを見ると、それがとても珍しいことであるのが分かった。

「最後の所に行く前に身元については話すよ。この資料のことは話さないけど」

「それがええ。最後にヘマされてはかなわんからなあ」

ヘルヴェルスは私情で仕事を疎《おろそ》かにする人ではないが、万が一のことがある。それに、恐らく最後のアジトにいる者達の大半は元貴族達だろう。できる限り逃すべきではない。これ以上、彼らに罪を重ねさせてはいけないのだから。こうして、コウヤはヘルヴェルスに彼らのことを打ち明けた。

「……そうか……そうじゃないかと思っていたけど、本当に……」

落ち込んでいた。けれど、ヘルヴェルスも分かっているのだ。これ以上、彼らのためにも間違いを犯させるわけにはいかないのだと。

「教えてくれてありがとう、コウヤ。殺させたりしないよ。ちゃんと償《つぐな》わせることも必要だし、何より、彼らは被害者でもある。これまでの協力者達には、父上から国へ報告するまで保護するように言ってあるからね。領主に知られて処理されることはない。兵の上の方もこちらで抑えたからね」

盗賊の身柄《みがら》については、最終的に国が預かり、刑を言い渡す。勝手に領主が処分してはならないことになっているのだ。それでも知られることなく処理される時はある。けれど、今回は大丈夫だろう。

「陛下がご快復されると良いのだけど」

現状を訴えることで法を覆《くつがえ》せるのは王だけだ。今はそれぞれの領主の裁量によって国がまとまっているに過ぎない。それも、第一王子派と第二王子派ではっきりと分かれてしまっているらしい。

「第二王子殿下も悪い人ではない。少し幼いところがあるから、第二王妃や周りの大人達の意見に左右されてしまうようだけれどね……」

少々気の弱い青年なのだという。もしも第二王子が王位を継いだならば、間違いなく現状は変わることなく、ただの大臣達の傀儡となるだろう。

「第一王子はどうなのですか？」

「素晴らしい方だよ。頭も良くて、剣の腕も確かだ。けど、少しやんちゃなところもあってね。他国にも遊学《ゆうがく》に出られていて……その間に大臣達にしてやられたんだ」

その遊学の話も、大臣達の手によるものだったらしい。それからは、なんとか王を快復させようと、薬を探すなど各地を駆け回っているようだ。

「自分の身を守るよりも、陛下の身を、と大半の味方を王宮に残しておられてね。なんとか持ちこたえている状態だよ」

自身が王位に就くことを考えるのではなく、まずは父である王の治療を優先すべきと判断したらしい。王位に就くには味方が少ないのだろうというのがヘルヴェルスの見解《けんかい》だ。

「大臣達を失脚《しっきゃく》させるには時間がかかるしね。なら、その時間を稼ぐ意味でも陛下に快復してもらって、抑えてもらおうとお考えなんだ」

「なるほど……」

それだけ、王の力は絶対なのだろう。大臣達の失脚を狙っていると聞いて、コウヤは資料の預け場所を決めた。

「その第一王子とヘル様は会うことができますか？」

「どうかな。今は本当に、どこにいるかも分からないらしいからね。ただ、王宮に戻って来られていれば、なんとか繋ぐことはできると思うよ」

「なら、その時はお願いします」

「何か考えがあるんだね。分かった。任せてくれ」

こうして、最後のアジトへと向かったのだ。


『霧の狼』の最後のアジトの場所ははっきりしていない。

「こんなことで本当に分かるんですか？　その子どもの案を使うとか、不安なんですが」

この辺り、とルディエ達が調べてきた場所。その森に入る手前。そこで野営をする商隊を隠れて見つめながら、コウヤはそんな言葉を背中で聞いていた。

「さっきからうるさいよ？　君、コウヤちゃんに突っかかるのやめてくれる？」

「っ、失礼しました……」

メットをはじめ、どうしてかコウヤに突っかかろうとする者が多い。コウヤはギルド職員の中でもかなり若い。そろそろ十三になるが、この世界では十八で成人だ。そのため、まだ子どもの認識でしかなかった。そんな子どもがタリスに信頼されているのだ。気に入らないのも仕方がない。

「来ます」

そこに、商隊を襲おうと盗賊達がやって来た。商隊に扮《ふん》している白夜部隊の数人とソルアは、馬車をそのままに逃げて行く。今回はマンタでの待機組も全て降りて来ている。ベニも町の協力者を捕まえに行っていた。

時刻は夕方の六時。闇が降り始める頃。ソルア達は上手いこと逃げ切ったようだ。そして、盗賊達は残された荷物を確認し、あとからやって来た荷台に積んでいく。

　コウヤはこれまでの傾向や『霧の狼』の狙いを考え、事前に情報を流していたのだ。『領主と契約した商隊がこの場所を通る』と。果たして、こちらの狙い通り食いついてくれた。そこに、ルディエが静かに近付き、少々豪華な金の箱を馬車の近くの地面に置いた。すると、その箱は自分でコロンと転倒し、少し口を開けて中から金貨を溢れさせる。まるで蹴り倒されたように見えるだろう。

　タリスが小声で隣のコウヤに問いかける。

「あれ、どうなってんの？　金貨の入った宝箱にしか見えないんだけど」

　そこでその箱に気付いた盗賊が重そうに持ち上げ、荷台に載せて行った。箱の正体はパックンだ。

「今回の件で偽装スキルが取れたらしくて」

「え？　ミミックであんなにレベルも高いのに、パックンちゃん偽装スキル持ってなかったの？」

「パックン、ちょっと変わってるんで」

　収納に全能力を持っていっていたようで、そもそも偽装するという考えがなかったらしい。パックンとしては、見た目の大きさを変えられるだけで充分だったようだ。一般的なミミックとは色合いも違うのも良かった。だが、今回はミミックらしく盗賊達を襲ったため、スキルが生えていたのだ。生まれ出《い》でて数百年でやっと、というのが不思議だ。

「本当に変わってるね……完全に金貨の入った宝箱と思ってるよ、あの人達」

「ええ。お陰で内側に入り込めます。追いましょう」

そうして追って行ったのだが、途中で不意に盗賊達の姿が消えた。

「この辺りで間違いないようだね」

そこへ、ルディエがやって来る。

「順調みたい」

「うん。上手く行ったね」

「このまま少し待てば……」

数分後、ワタワタと盗賊達が現れたり消えたりを繰り返すようになった。

「行けるかな？　ダンゴ」

《あい！　でしゅ！》

コウヤの胸元から出てきたダンゴが、その場所へ向かってコロコロと転がるように入って行った。

コウヤ達は待っていた。そして、その時が来た。

「来ました」

「うわぁ、本当だっ。見えたね。これ、すごいお屋敷じゃない？」

このアジトは、かつてコウヤが作った魔導具によって隠されていた。

魔導具に触れて登録した者と、その登録者が連れて来た者しか入ることができないのだ。コウヤは一度存在が置き換わっているので、弾かれる可能性があるが、ダンゴやパックンなら大丈夫だろうと予想していた。ダンゴならばその魔導具を操作することもできる。こうして、発動が止まったのがその証拠だ。

見えたのは二階建ての洋館。屋敷の中央だけ三階だ。薄茶色の壁に蔦《つた》が張り付いており、森の暗さと相まって素晴らしく雰囲気のある暗い屋敷になっていた。

「行きましょう」

「よ～っし！　これが最後だよ～！　張り切っちゃうんだからね！」

タリスのテンションがヤバめだ。そのまま突っ込んで行ってしまった。それにギルドマスター達が慌てて続く。

「ルー君、今回は念入りにね」

「任せてっ」

ルディエも楽しそうに駆け出し、周りの木を上手に使って二階に飛び込んで行った。彼には引き続き告発用の資料を集めてもらう。

コウヤの仕事は、全員を残らず捕らえること。まずはパックンのいる場所を目指そうと、洋館の入り口へ向かう。その途中、窓から出入りできないように格子《こうし》を作り上げる。思った通り、窓から脱出しようとしていた者達がいたらしい。顔をぶつけて悶《もだ》える者が続出した。

「ちょっと硬くし過ぎたかな？　でも折られちゃったら意味ないしねっ」

ここはこれで正解、とコウヤは中へ急ぐ。毎度のように中の構造を把握しながらだ。

「出入りできるのは三つ……っ、まずい、地下道があるっ」

地下道がどこに繋がっているのかを調べるため、急いで意識で辿る。もちろん、足は止めない。

その間も、逃げ出そうと向かって来る者達を気絶させる。今日も、ものさしが大活躍だ。

「っ、ダンゴ……？　これって、魔導具を持って行ってる？」

地下に抜けて行く者達は、ダンゴが止めた魔導具を持って逃げているようだ。それにダンゴがついて行っている。ダンゴは姿を見えないようにもできるので、心配はないと思うが、無茶をするものだ。ただ、取り返すと相当息巻いていたので、予想できなかったことではない。

そこでパックンと合流した。

《あれ？　ダンゴは？》

既に屋敷にコウヤが入って来たということは、予定していたダンゴの仕事は終わっているということだ。それなのに、未だにコウヤと合流していないのはおかしいと思ったのだろう。

「魔導具を持って逃げた人達を追って行ったみたい。俺もこれから追うから、ここは任せるね。マスターとルー君に伝えておいて」

《任せて！(￣^￣)ゞ》

そう表示しながらパックンは、陰から出て来た男をパックンした。

因みに、宝物庫《ほうもつこ》に運ばれたパックンが、盗賊達が部屋を出てすぐに、中にあった宝を全てパックンしていたことはコウヤも知らない。確認しに戻った盗賊をパックンして、そのまま通路でパックン大会をしていたため、大混乱が起きたのだ。とはいえ、運ばれた部屋から出て騒動を起こすのは計画通りだった。

《まだまだψ(▽)ψ》

ノリノリなパックンを気にせず、背を向ける。阿鼻叫喚《あびきょうかん》は続くのだ。

コウヤは地下への入り口へ向かったのだが、どうやら追撃を恐れた男達によって塞《ふさ》がれてしまっているようだ。

「っ、向かう場所は……」

感覚を広げながら、地上から追跡する。出口である森の只中《ただなか》。そこに井戸のようなものがあった。既に全員が縄梯子《なわばしご》でその井戸から上がり、逃走している。また逃げ込まれては困るので、これも格子で蓋《ふた》をしておいた。その時、ダンゴから念話が届く。

《迷宮でしゅ！》

「っ！　すぐに行くよ」

この先にあるのは、魔導具があった『王座の迷宮』のみ。コウヤがかつて、ダンゴ達の訓練場として作った隠れ家だ。魔導具が持ち出され、発見された今では、国内で最強最古を誇る迷宮だった。

「あそこに行けるほどの実力があるようには思えないんだけどな……」

盗賊達は恐らくヤケになっているのだろう。このままでは死なせてしまう。ここまで来て、捕らえられないなんてことはあってはならない。コウヤは焦りながらも、懐かしい迷宮へと向かった。


『王座の迷宮』。

未だ誰一人として攻略できた者はおらず、階層も百と、迷宮が持てる階層の上限まで出来ている。この中には、多くの高価な宝が眠っている上、珍しい薬草や魔獣が存在する。これを攻略できる者は、世界さえも制することができる。

それほどの難易度を誇っており、それ故に『王座』の名が付いたらしい。一階層から二十階層まではCランクの者でギリギリだ。ソロでの攻略は難しい。Cランクが三人以上のパーティでなければ、ギルドは依頼で入ることを許可しないだろう。それだけ危険な迷宮なのだ。

「どこまで行った？」

コウヤは入り口に駆け込んで行く。すると、手前になぜか騎士が三人いて、呼び止められる。

「おいっ、君みたいな子どもが入っちゃいかんっ」

この言葉と心配そうな表情で、面倒な人ではないことは分かった。なので説明する。

「ギルドの職員です。ランクは一応Aで通っていますので大丈夫です」

「えっ、あ、いや、だが、今ここにはっ」

「すみませんっ、急いでいるので」

なんだか止められそうだったので、そのまま駆け込むことにした。中に入ったことで、なぜ騎士がいたのかが分かった。

「うわぁ……これ助けないとダメかな……」

騎士だろう、迷宮に慣れていない者が五人と、それを先導しているらしいBランク相当の実力者一人の一団が潜っている。外の騎士は彼らの仲間に違いない。

一団の中に、迷宮をコツコツと進んだ者がいたのだろう。その人と一緒に入ることで、攻略済みの階層へ転移できる。そこはBランクが一人でもパーティにいなければキツくなる四十三階層。

「四十三階層……ってなると、アレかな？」

貴重な薬の材料が採れる階層なのだ。コウヤがかつて管理していた薬草園の一つでもあった。この迷宮には、そういった薬草園が点在している。これにより、この迷宮の価値は跳ね上がっているのだ。

今では地上に存在しないものも、ここでは半永久的に存在し続けるのだから、その貴重性が分かる。ヘルヴェルスから王が病だと聞いたばかりだ。その薬を求めて潜っているのだろうと、騎士がいたことで想像ができた。そこでふと気付いたことがある。

「あれ？　なんであいつらは騎士に止められなかったんだ？」

先に入ったはずの盗賊達が、何事もなく迷宮の中にいるのが気になった。

コウヤがギルド職員であり、子どもであったために、剣を抜かなかっただけというのが、入り口の騎士達を見て感じたことだ。恐らく、中にいる騎士の邪魔をさせないように、冒険者達の出入りさえ拒《こば》んでいるのだろう。

本来ならば、ギルド職員として抗議しなくてはならない問題だ。それを理解しているからこそ、ギルド職員であると名乗ったコウヤに強く出られなかったのではないだろうか。ならばなおさら、先に来た者達を通したことが不思議だった。

この迷宮は、冒険者ならばその危険度を理解しており、日頃からそれほど入る者はいない。ダンゴがいなくなってからは、人が魔導具によって来ないのをいいことに、精霊達が休憩所兼、訓練所として利用していたし、今もそう変わらないだろう。

百階層どころか、七十階層までが人々の限界らしく、それ以降の階層は多分、すごい難度になっているはずだ。攻略できないと精霊達も分かっているから、不満を抱いて氾濫を起こすこともない。特異な迷宮だった。そんな迷宮を仕事場とする冒険者は少ない。ここまで危険だと、堅実《けんじつ》、安全を取るのが冒険者だ。

「もしかして……見えなかった？」

ほとんど誰も来ない場所に現れた盗賊達。そんな相手を、騎士が警戒しないはずもない。だというのに咎《とが》められずに中に入れたのならば、それは、騎士に認識されなかったということ。

「それに……進み方が異常だ……」

盗賊達は既に四十一階層まで進んでいた。コウヤは転移の履歴《りれき》を確認する。世界管理者権限のスキルにより読み込んだ。この迷宮では難易度の関係から、転移は五階層ごとに可能となっており、彼らは三十五階層まで飛んでいたことが分かった。そこから四十一階層に降りて行ったことになる。

「この短時間で六階層も？　まさか、魔獣と戦っていない？」

コウヤはそう考えながらも四十階層に飛んだ。

「狙いは……もしかして騎士の誰か？」

コウヤは四十三階層にいる騎士達の動きを感じ取る。すると一人だけ、実力はあるのに、まるで守られているような立ち位置の人物がいるのに気付く。

固まって移動する騎士達に、盗賊達が接触を図ろうとする動きを感じながら、ダンゴへ声を届けた。

（ダンゴ、『霧の狼』の人の目的分かる？）
《ここに第一王子が来てるから、話をするんだそうでしゅ》
やっぱりか、とため息をつく。外にいた騎士達があれだけ警戒していた理由が分かった。それに恐らく、タイミング良くというか、元々、ここに第一王子が来ることを盗賊達は事前に把握しており、ここへ来るつもりだったのだろう。
思い返せば、逃げるにしても判断が速過ぎた。あれでは、大事な資料も持ち出せないところだ。しかし、予《あらかじ》め用意していたなら別だ。予定より動くのが少々早いか遅いかの違いだったのだろう。
《先に待ちぶせしてる仲間がいるでしゅ》
「っ……」
慌てて気配を探ると、四十三階層には隠し部屋があり、そこで三人が潜んでいることが分かった。騎士達が向かう先だ。まだ動いてはいない。
《王子が予定より早く来てるって、あせってましゅ》
それを聞いてコウヤはなぜ四十三階層に潜む先まで用意しておいて、わざわざ三十五階層から飛んだのかを察した。王子より先行しないことで、隠し部屋にいる仲間と挟み撃ちにできる。それを目論《もくろ》んでのことだろう。だが、予定より早く迷宮に向かうことになったため、どこまで王子が進んでいるのか確信がなかったのだ。
《主さまが作った『気配隠蔽《いんぺい》のコート』を着てるでしゅ》
（あれを？　全員？）

《あい！》

ダンゴはちょっと怒っているようだ。コウヤの作品を悪事に利用されたのが許せないのだろう。

しかし、コウヤはそれよりも感心していた。逃げている盗賊は四人。四つもあのコートをよく集めたものだ。間違いなく、世界中に散らばっていたはずなのだから。

「やる気は充分ってことだ」

その執念。素直にすごいと思ってしまう。とはいえ、潜んでいる者達も含めて今回はきっちり捕らえなくてはならない。死なせることなく、彼らの思いをしっかりと国に届けなくてはならないのだ。ある意味、このタイミングのお陰で、迷宮に潜んでいる者達も捕らえられるのだから運が良かった。

その時、どうやらコウヤの存在に気付いた者がいたようだ。だが、これはコウヤの目論見《もくろみ》通りだ。

《主さまっ、足止めするために三人離れたでしゅ！》

(よしっ、ダンゴは絶対に見つからないように、そのまま残った人について行って)

《あい。でしゅ!!》

彼らが分かれたのは、四十三階層に入ってすぐだ。それはコウヤの目前だった。階段を下り、姿の見えない一人をまず見つける。

「そこだねっ」

「ぐっ」

素手で掴みかかり、ローブを剥《は》ぎ取る。そのまま蹴り倒した。

「まず一人」

気絶した男を縄で縛って大きな白い袋に入れる。

「パックンいないし、サンタさんの袋作戦だね」

どれだけ入れても重さや見た目の大きさは一定で、だいたい三キロ。空間拡張で四畳分ほどの物量が入る。コウヤの亜空間収納では、生き物は入れられないので、代用として考えた魔導袋だ。

「よいしょっと。さて、次だね」

そうして、追加で二人収納したところで盗賊達と騎士達が接触したようだ。コウヤも彼らが見える所まで来ていた。ただ、気配は極限まで薄めている。大きな白い袋を担《かつ》いでいたとしても彼らには気付かれないだろう。

盗賊が声を上げた。恐らく彼がBランク相当の実力を持つという首領だろう。

「第一王子っ。これは、リグサルト伯爵とシトアル侯爵の不正の証拠です。どうかこれで、王を傀儡とする愚かな貴族達を一掃《いっそう》してもらいたい！」

騎士達は、王子を囲んで守ろうとしている。しかし、その間にも迷宮の魔獣達は集まり出していた。話し合いなどできるような場所ではない。

声を上げた盗賊の男を守るため、隠し部屋から三人の仲間が合流する。連絡は取り合っていたらしい。彼らは必死だ。同じように、騎士達も王子を守ろうと奮戦《ふんせん》していた。

「その証拠は本物か？」

王子は肝が据《す》わっているらしい。騎士に守られながらも、自らも剣で魔獣を相手にしながら問い

かける。彼もそれを欲していたのだろう。

「本物です。私達が何年もかけて集めた情報……他にも、第二王子派の貴族の不正の証拠を持っております」

それは、コウヤがこれまでの盗賊達から託《たく》されたもののことだろう。支部が強襲されたという情報は彼に届いていないのだ。バレないようにコウヤ達は最短距離で急いで来た。上手くいったはずだ。

「……受け取ろう」

その王子の言葉を聞いて、男はホッとしていた。だがその時、騎士の方に動きがあった。

「っ、危ない！」

「っ!?」

コウヤはとっさに跳躍《ちょうやく》し、王子の後ろにいた騎士の剣を受け止める。袋はさすがに手放した。剣を受け止めているのは、コウヤ愛用のペーパーナイフだ。

「なっ、貴様っ」

斬りかかって来た騎士は、悔しそうに力を込める。だが、コウヤはビクともしなかった。それよりも、と王子を離れさせる。彼は、王子を明らかに斬り殺そうとしていたのだから。

「少し下がってくださいっ」

「あ、ああ……」

事態が理解できず、王子はゆっくりと後退する。しかし、ここは迷宮。それも中層だ。レベルの高い魔獣が次々にやって来る。コウヤは騎士の腹を蹴り飛ばした。

「ぐうっ」

それを横目で見ていた騎士達にとっては、信じられない動きだったようだ。目をこれでもかというほど見開いていた。足を使うなど、騎士にはあり得ないのだろう。その上、蹴られた騎士は数メートル先の曲がり角の壁にぶつかっていた。それが、コウヤのような少年が繰り出せる蹴りに見えなかったというのもある。

コウヤは周りの状況を確認する。盗賊の男達の方にも、魔獣が群《むら》がっていた。これだけ人が固まっているのだ。魔獣達も集まって来て当然だった。

「ダンゴっ、先導して。隠し部屋に」

《あい！》

「数秒だけ魔獣の動きを止めますっ。その間にあの子について行ってください。あなた達もですよ！」

「わ、分かった」

盗賊達の方にも声をかけ、ダンゴの姿を見せる。ダンゴは安定して飛びながら先を示す。

コウヤは迷宮に干渉した。

「今です！」

一斉に駆け出した男達。魔獣は凍りついたように動きを止めた。進む先の魔獣達もだ。

コウヤは彼らが走り出したのを確認してから、袋を回収し、蹴り飛ばした騎士を放り込む。そして、彼らの後を追って駆け出した。無我夢中《むがむちゅう》で一同が走り込んだ隠し部屋は、先程まで盗賊達が潜んでいた場所だ。

元々ここは、この階層の薬草採取の合間に使う休憩室のような場所だった。難度の高い迷宮には、こうした何もないセーフティーゾーンが用意されているものなので、冒険者達もそのまま利用しているらしい。

入り口には幻惑《げんわく》をかけてある。岩があるようにしか見えないので、そこに突っ込んで行くのは勇気がいる。中からは薄い半透明のカーテン越しのように外が見えた。

最後に駆け込んだコウヤは、全員いるか確認する。盗賊が四人。王子達の方が五人。騎士も盗賊も、少なからず怪我を負っていた。仕方なくコウヤは鞄から薬を取り出す。ここへ来るまでの間に、必要になった時に怪しまれないよう、亜空間から鞄に移しておいたのだ。

「治療薬は持っていますか？」

これに、騎士の一人が答える。

「あ、いや……私達は持っていないんだ。インダが持っているはずなんだが……」

その申し訳なさそうな態度と言葉で理解した。インダというのは、恐らく第一王子に斬りかかった騎士のことだろう。

「ならこれを。殿下は大丈夫ですね」

「あ、ああ。すまない……」

「いえ。飲んだら少し休んでいてください。あちらと話があるので」

その時、コウヤの肩にダンゴが着地した。それを不思議そうに見つめている騎士達から離れて、盗賊達の方へ向かう。彼らは奥の方に固まっていた。

この隠し部屋は縦長で三十畳ほどあるので、充分に距離は取れている。天井も高いので、背を向け、小さな声ならば聞こえることはないだろう。

「まずはこれを。治療薬です」

「……ありがとう」

各自が飲んだことを確認してから、コウヤは真剣な表情で話を始めた。

「『霧の狼』の首領はあなたですね?」

「っ⁉」

一気に警戒されるが、それは予想していた。だから威圧して彼らを動けなくする。

「騒がないで。俺は冒険者ギルドの職員です。先日、冒険者ギルドで『霧の狼』討伐作戦が開始されました。これにより、国内にあった支部は全て潰しています。あなた方で最後です」

「っ、そ、そんなこと……っ」

信じられないのも仕方がないが、コウヤから受ける威圧は本物で、彼らは早々に敵わないと察していた。それなりに場数は踏んできたのだろう。彼らが盗賊として優秀なのは、判断が早いことだ。退き際を察することができるかどうか。それを最も実感できるのが盗賊だろう。逃げたいが、彼らは今コウヤの話を聞くことしかできなかった。

「あなた方の事情は、他の支部の方々とお話しして理解しています。皆さんで集めた貴族の不正の調査資料なども、私がお預かりしました。ただこれは、私が個人的に彼らとお話をし、お預かりすることを了承していただいたもので、討伐隊の者も知りません」

厳密にはベニ達は知っているのだが、そこは良いだろう。そう説明してから、鞄から取り出したように見せかけて、亜空間に収納していた書類を一つ出す。

「っ……それっ」

「はっきり言います。これでは決定的な証拠としては不十分です」

「え……っ」

コウヤは、いつの間にかギルド職員としての顔になっていた。

「調査時の資料も回収しましたが、要点が全くまとまっていないどころか、証人の言葉もしっかりと聞き取りができていません。その上、内容が重複しているものもある。書類として絶望的な出来です」

「……」

「あ、そっちも見せてください」

コウヤは男が持っていた書類を強制的に取り上げて一読するが、これもだと憤慨《ふんがい》する。

「いいですか？　こんな不十分なものを国に提出したところで、ただの嫌がらせ程度にも思われませんよ。子どもの日記レベルとまでは言いませんが、近いものです」

「……」

コウヤはため息をつきながらなおも続ける。

「こっちは調査結果を活《い》かせていないし、こっちは調査自体が杜撰《ずさん》過ぎます。出所が怪しいのですから、せめて書類くらいはしっかりと作らなくては手にも取ってもらえませんよっ」

「っ……はい」

ここまで言い切ったところで改めて盗賊達を見ると、泣きそうなほど落ち込んでいた。

「これはお預かりして、俺が完璧な形にしてからあちらへお渡しします。いいですね？」

「……お願いします……」

信用してくれたらしい。

「ここを出たら、逃げないでくださいね。じゃないと、あの袋に入れますよ。中はおじさん達ばっかりになります。くっ付いててもらいますからね？」

「はい……っ」

少し離れた場所に置いてある大きな白い袋を指さすと、彼らは本気で泣きそうな顔をしていた。

「因みに、あれは魔導具なので、今現在、あなた方のお仲間三人と、さっきの斬りかかってきた人が入ってます」

「……っ……」

今度は真っ青だ。本気で詰められることが分かったのだろう。そうして説教を終わらせる頃合いを見計らっていたのだろうか。王子が近付いてきた。王子と言っても、彼は三十歳くらいだ。三十歳と聞くと、普通の十二歳の少年ならおじさんだと言うだろうが、コウヤ自身は案外若いと思っていた。

「失礼。危ないところを助けてくれた上に、薬まで分けてくれた君に、挨拶もなしというのは自分も許せなくてな」

「いいえ。俺はコウヤと言います。ユースールの冒険者ギルドで職員をしています」

そう言ってギルドカードを見せる。

「その歳でギルド職員……ユースールは辺境伯のところだな。それほど人材に窮《きゅう》しているのか？」

「人材は普通ですよ？　俺は孤児で、雇ってもらったんです」

「そうか……孤児」

王子はコウヤの髪色を気にしているようだった。その理由が、コウヤには分かっている。彼の姿を見た時に分かってしまったのだ。

「……俺はジルファス・アクレート・トルヴァラン。トルヴァランの第一王子だ。君はその……ファムリア聖女《せいじょ》を知っているだろうか」

「……」

ファムリアはコウヤの今生《こんじょう》での母。そして、彼が今生でのコウヤの実の父親だった。

コウヤの髪色は、大変珍しい薄い紫がかった銀髪。瞳はアメジストのようだ。聖女であったファムリアは、瞳の色がもう少し濃かったようだが、髪色はどうやら同じだったらしい。コウヤが転生して完全に自我が目覚める前に、その母は亡くなってしまった。

ファムリアは、教会の在り方に疑問を持ち、かつての教育係だったベニ達を頼って教会から逃げ出した。その道中で、同じように追われていた父と出会ったという。一年ほどの逃亡生活の中、二人は急速に惹《ひ》かれ合ったらしい。コウヤはこれをベニ達から聞いた時、追われている極限状態というのは絆を深くするのだな、と呑気に感心したものだ。

二度と会えないと覚悟して別れたらしく、死ぬ間際までファムリアは父のことを心配していたようだ。恋をしたのも初めてなら、愛を知ったのも初めてだったのだ。彼女にとっては幸せだった。だが、ファムリアがそうでも、父の方は違うかもしれない。コウヤが物心つく頃、ベニに『父親に会いたくはないのか』と聞かれたが、反射的に頷いていた。

生きているのならば、もう新しい相手を見つけているかもしれない。別れた時はまだ、コウヤの存在を知らなかったのだ。そういうこともあり得る。寧ろ、その方が父のためだ。亡くなったファムリアを想ってくれるのはいいが、それと現実の生活は別々に考えて欲しい。いつまでも引きずるのは、故人に対しても失礼だ。ならば、捜さない方が良い。

そう結論付けてはいたのだ。だが、いざ会ってみると、色々と複雑な感情が湧き起こってきていた。不自然に思われないように、コウヤは一瞬で思考を巡らせて即答に近い形で答える。

「母はファムと呼ばれてはいましたがどうでしょう。ばばさまに聞けば分かるかもしれませんけど」

ここで嘘をついてあとでバレるのが一番まずい。今の彼の置かれた状況がどうあれ、一国の王子。それも、順当に行けば次期国王だ。どれほどの情報収集能力があるか分からない。

「そ、そうか……」

これだけで、彼女が何らかの理由でコウヤを育てられなかったことが分かったようだ。

「では、その髪なのだが……とても珍しい色だ。お父上も同じ色だったのだろうか？」

彼は理解していた、コウヤは嘘をつかないのだと。そういう相手は、何となく今までの付き合いで分かるのだろう。少しずつ情報を引き出そうとしているようだ。

「いえ。父のことは特に聞いていません。別れたのならば、お互いに事情があったということですから。俺はその辺、詮索《せんさく》しないようにしていたんです」

ここまで言えば、これ以上の詮索はし難いだろう。思った通り、彼はそこで肩の力を抜いていた。諦めたようだ。

「……そうか……」

話が終わったと思ったのだろう。騎士の一人が近付いてくる。

「殿下。そろそろ……」

「あ、ああ。そうだな……」

彼らは時間を気にしている様子だ。少し焦っているようにも見える。確かに、迷宮では時間が経つのが早い。夢中で魔獣と戦うことになるし、道順も覚えていなくてはならないのだ。そのためには集中力がいる。これが、時間の経過の感覚を狂わせるのだ。彼らは奥へ向かっていた。外の騎士達が特に野営の準備もしていなかったことも考慮すると、何を目的としているのか、コウヤには予想できた。

「スターバブルを採りにいらしたのですか？」

「っ、あ、ああ……」

驚いてはいるようだが、コウヤがギルド職員であるということも思い出したのだろう。

「これ以上奥へ行くのはギルド職員として許可できません。何より、先導していたのは、先ほど捕らえた騎士の方ですよね？」

確認したのは、騎士の方にだ。彼は戸惑いながらも頷いた。

「……はい……インダの実力は確かで、この迷宮も四十階層まで来たことがあるとのことで、今回の同行をお願いしました。それが……」

恐らく、第二王子派だったのだろう。そうとは知らず、頼んでしまったらしい。それだけこの場所に来ることが重要だったのだ。

「出口までは俺が先導します。彼らと一緒になりますが、よろしいですか？」

「構わない。それより、彼らがその……」

「これですね。俺がお預かりしました。ただ、見て分かると思いますが……」

「これは……」

パラパラとそれを見せる。すると、ジルファスも騎士も眉根を寄せた。

「内容も抜けているところがあり、このまま摘発《てきはつ》にお使いになるには不十分です。それに、文字も拙い……他にもお預かりしているのですが、そちらと合わせて精査し、お届けいたします。その時は、ガルタ辺境伯経由となりますが」

「それは助かるのだが、君はギルド職員だろう？　こう言ってはなんだが、国の問題などあまり気にしないのではないのか？」

ジルファスがそう言うのも無理はない。どのギルドも協力はするが、国の命令などに従う必要はない組織だ。今回のような国の派閥《はばつ》争いに関わる理由はない。寧ろ、積極的に関わるべきではないのだ。だが、今回はこちらにも事情がある。

「彼らが何者かご存知ですか？」

「いや。だが、こんな危険な場所にまで来て訴えるのだ。それだけの事情のある者達なのだろう」

コウヤは苦笑する。この人は人が好過ぎる。とはいえ、何でもかんでも信じるわけではないだろう。ヘルヴェルスから少し前に聞いた。彼は、努力に見合った対応をするべきだと常に考えているらしい。それがよく分かった。これは、コウヤの普段の考え方と同じだ。王族にしては変わった人だと思ったものだ。

「彼らは元貴族です。事情があり、現在は身分を失っています。細かいことは後日、これらと共にご報告させていただきますが、彼らは少々問題を起こしまして、ギルドが対処しているのです。その折にこちらを個人的に託《たく》されました」

「……分かった。君を信じよう。だが、こちらにも事情がある。どうしても、この奥にあるというスターバブルが必要なのだ」

彼は、王の快復を願っている。公務の合間を縫《ぬ》って、こうして各地で薬草などを探し歩いていることは、コウヤも世界管理者スキルで知っていた。王に必要な薬がなんなのかも察している。そのために、スターバブルが必要なことも。だが、彼らでは採取できないのだ。

「残念ですが、高レベルの薬師《くすし》でなければ、スターバブルは採取できません。ご存知ありませんか？」

「っ、いや。古い資料にもそうあったと聞いたのだが、実際に見てみなければ分からないだろうと思ってな……やはり無理なのか？」

「無理です。あれは、薬師がその場で精製しなくてはならないのです。それと失礼ですが、お求めの薬を作れる薬師は、この国では一人だけです。それは、王宮にいらっしゃる方ではありません」

「え、いや、だが、宮廷薬師はこの国一番の腕だ」

流れの薬師の方が経験豊富でスキルも高いのだが、それは宮廷には求められない。だから、それを除いてということになる。宮廷薬師は、過去の資料も材料も豊富に用意された、いわばエリート。とはいえ、それが国一番であるというのは真実ではない。

「では、その方は身体欠損薬を一種類でも作れますか？　スターバブルを扱うには最低でもそれが作れる技量がなくてはなりません」

「そんなものは伝説でしょう？」

騎士がすかさず口を挟む。それだけ信じられない薬なのだから仕方がない。

「いいえ。実在しますし、現在も作れる方はいます。もし、その薬を宮廷薬師の方が作れると言うのでしたら、スターバブルの精製水をお譲《ゆず》りします。できないのならば、渡したとしても無駄になってしまいますから」

「……本当に宮廷薬師では無理だと？」

「無理でしょう。ですから、奥に行くのも無駄です。もうすぐ日も落ちます。これ以上の危険はお立場上も冒《おか》すべきではありません」

「……」

真摯《しんし》に見つめれば、折れてくれたらしい。

「分かった……」

「では行きましょう。お送りします」

「……すまない……」

無理やりとはいえ了承を得たところで、気が変わらないうちにと、コウヤは一同を引き連れて出口へと向かうのだった。


コウヤは、サクサクとペーパーナイフで魔獣を斬り進んで行く。

「……」

後ろをついて来るジルファス達は最初、倒れそうになるほど驚いていた。彼らは実際にここの魔獣達と戦っていて、その強さも厄介さも理解している。だが、コウヤは本当にヒョイヒョイと指揮棒を振るようにして手軽に倒して行くのだ。信じられなかったらしい。

「ちゃんと離れずついて来てくださいね。この階層は罠も少ないですが、この石は踏んじゃダメです。そっちの壁も触らないように」

「あ、ああ……」

魔獣や魔物を斬り伏せながらも、反対の手ではそれらを指差して注意する。始終困惑気味なジルファス達など気にせず、コウヤはサクサクと進んで行った。

「じゃあ、ここから外へ転移しましょう」

それほどかからずに四十階層に到達すると、そこから揃って外へ転移した。

空は夕日の色に染まっていた。コウヤ達の姿を見て、外で待機していた騎士達が駆け寄って来る。

「ご無事でっ、あの……インダの姿が見えませんが……」

先導していったはずのインダという騎士がいないこと。そして、明らかに手ぶらで戻って来たことに対して、彼らは何かあったのかと顔を強張《こわば》らせる。インダは今回の件で急遽《きゅうきょ》協力することになった人物だったのだ。彼らも不安は感じていたのかもしれない。敵が多い彼らには、信用できる人が少ないのだろう。同行している見知らぬ男達にも視線を投げていた。

行きの時には、気配隠蔽のコートで盗賊達の姿は見えなくなっていた。奥で隠れていた三人はコートを持っていなさそうだが、騎士達が来るずっと前からそこにいたのだろう。普段からあそこを利用していたのかもしれない。

迷宮は危険な場所だが、その分売れるものは多い。実入りは良いだろう。交代で気配隠蔽のコートを使えば、魔獣も誤魔化《ごまか》すことができる。そうして、せっせと資金を得ていたのかもしれない。あの隠し部屋には、それなりに生活できる用意があった。部屋を見つけた者のために先人達が寄付していった物かもと思ったのだが、よくよく考えるとそうではないようだ。

不安そうにチラチラと視線を向けてくる騎士達を気にすることなく、コウヤはよいしょっと声を出して、男達の入った大きな袋を背中から地面に下ろす。そして袋の口を開けて、まるで子ネコを吊り上げるように引っ張り出した。

「インダってこの人でしたね」

「……は？」

全員、目が点だった。盗賊達には人が入っていると言っておいたはずだ。問題があれば、彼らにも入ってもらうと伝えている。半信半疑だったのかもしれない。顔色が一気に悪くなっていた。

とりあえず、それは置いておいて、騎士達にインダと呼ばれた問題の騎士を引き渡す。頑丈な紐で縛っておいたので、身動きはできないだろう。固結びした後に余った部分で蝶々《ちょうちょう》結びしているところが、騎士達は気になって仕方がないようではあったが、それも気にせずコウヤは一度頭を下げる。

「では、俺達はここで失礼します。お疲れ様でした」

「あ、いや……え？」

ギルド職員としての口癖というか。一仕事終えた人には『お疲れ様でした』と言う習慣がここでも自然に出ていた。少々ギクシャクと動揺する男達を引き連れて歩き出すコウヤに、ジルファスは慌てて声をかけた。

「ま、待ってくれ！　お礼をしたいのだが」

「お礼なんて必要ありません。ギルド職員として、彼らを連れ戻す仕事の途中で、たまたまあなた方にお会いしただけです。脱出に手を貸したのも、仕事のうちですよ？　お気になさらず」

「いや、だが……」

どうにかしてコウヤを引き留めようとしているようだ。これに内心苦笑する。

「まだ仕事中です。お気を付けてお帰りください」

コウヤのきっぱりとした挨拶に、ジルファスはさすがに止められないと思ったらしい。

「……ああ……また……また会えるだろうか」

「機会があればとしか、俺の方からは言えません」

「そうか……いや、助けてくれてありがとう」

コウヤははっきり言って驚いた。ジルファスがしっかりと頭を下げ、それに続いて、騎士達も頭を下げていたのだ。

彼らには敵が多い。それは、人を疑い続けなくてはならない環境にあるということ。それなのに、彼らは礼を告げるべき者にはしっかりとこうして頭を下げられる。人が好いとも言えるかもしれないが、きっとそれだけではない。常に正しい判断をしようと心がけている人達なのだ。

コウヤは目を見開いた後、笑みを浮かべる。彼らが顔を上げた時には、嬉しそうな笑みに変わっていた。それを見た一同は息を止めるほど驚き、しばらく呆然と見惚れていた。いわゆる、女神の微笑みだ。夕日を浴びながらコウヤが浮かべていたのは、魂ごと惹き寄せられるような魅惑的な笑み。

神であるコウヤは彼らの心根の美しさを感じ取った。誰もがこうであって欲しいと願うもの。それがとても嬉しかったのだ。その嬉しさを感じるままに、コウヤは鞄から取り出すように見せかけて、亜空間から出した小さな小瓶を差し出す。

「これを差し上げます」

「っ……え？」

反射的に受け取ったジルファスは、美しい小瓶の中にある翡翠色《ひすいいろ》の液体を見つめる。

「それがスターバブルの精製水です。『星の雫《しずく》』ですよ」

「っ、これが⁉」

なぜそれを今コウヤが持っているのか、誰が精製したのか、そういうことは口にしなかった。

「スターバブルの精製ができない者には、『星の雫《それ》』を使った薬は作れません。逆に言えば、効能をそのままにこの『星の雫』を扱えない者には、スターバブルの精製すらできないのです。薬師にも少し思い知ってもらいましょう。できないことを認められない者が、王宮にいては危険です。あなたのためにも、これをきっかけとしてください」

「っ、ああ……ありがとうっ」

ジルファスがどれほど強くても、王子に無理な採取をさせるような宮廷薬師は必要ない。薬師が高慢では困るのだ。本当に努力する者達が彼らに潰されてしまうから。

「鑑定をして、正しくこれが『星の雫』であるという証拠を見せてから渡してくださいね」

「そうだな。分かった。だが、そうなると、これを使って薬を作るのは失敗するのだろう？」

それでは結局、ジルファスが求める王を治療する薬は手に入らないということ。

「そうですね。まず扱えないでしょう。最初から捨てるようなものです。それでも一応、これを三つお渡しします」

「まだ持っているのかっ？」

コウヤは同じものをあと二つ出して、ジルファスに手渡した。

「この二つは、あなたが懇意にしている薬師の方達に渡してください。手渡す時に、これを迷宮の中で精製できるほどの力量がなくては、薬にすることはできないとお伝えを」

これは、宮廷薬師にも伝えるようにと言っておく。

「ただ、こちらも恐らく失敗するでしょう。そこでもし、自らが危険を冒してでもこれを精製できるようになるのだと、ここに来ることを考えるような方なら、ユースールに連れて来てください。もちろん、宮廷薬師の方がそういう人だったなら、連れて来ていただいて構いませんよ？」

とはいえ、今少しだけ世界管理者権限スキルで覗いた宮廷薬師の人柄からすると、そうはならないように思う。

「どんな相手にも教えを請える人ならば、最高の薬師を紹介しましょう。国に仕えるのは苦手な方ですから、あくまで師事《しじ》するという形になりますが」

王の容態は悪いが、すぐにどうこうなるものではない。だからといって、悠長にしている余裕があるわけでもない。王の体には負担がかかっているのだから。

「あなた方の求める薬は、一度の服薬で治るものではありません。最低でも三ヶ月。毎日服薬しなくてはならない。その一瓶で約半月分の薬が出来ます。ですが、劣化が早いので作り置きはできません。意味がお分かりになりますか？」

「……薬を作れる者が、王のいる王宮で作らなくてはならないということだな」

「そうです。王宮で作らなくてはならないんです。最低二人は作れる者がいないといけません。この『星の雫』も緩やかに劣化しますから」

それがどれほど大変なことか分かったらしい。

「一人はここに来てこれを精製し、王宮に届けなければならないと……」

「ええ。一つの実でこの一瓶です。実は木からもぎ取って数分で腐ります。この状態にしても、効能が留まるのは半月。それを三ヶ月分ですからね。それもここは国の北の端。王都まで片道で十日はかかるでしょう？」

往復している時間はない。ならば、一人はこの付近で待機しなければならない。

「……薬が作れるようになったとしても、簡単ではないのだな」

「今の状況ではとても難しいことです」

「……そうだな……」

ジルファスは考え込む。だが、諦めるようには見えなかった。

「俺にできるだろうか」

不安げには見えなかった。きっと上手く差配し、やり遂げてみせるという気概が見えた。だから、コウヤはクスリと笑って答える。

「あなたならできますよ」

「っ、ありがとうっ、やってみせようっ」

そうと決まれば急がなくてはと、ジルファスはコウヤに別れを告げた。

「また会おう」

「ええ。また」

それぞれ背を向け、進み出す。あっさりとジルファスが引き下がったのは、コウヤが薬師を『ユースールに連れて来てください』と言ったからだ。それを口実に会いに来ても良いと暗に許可したから。また会えるならばと、今はやるべきことへ意識を向けていた。

盗賊だった男達が大人しくついて来ているのを気配で確認しながら、コウヤはタリス達の待つアジトへ向かう。

《主さま、加護をあげたでしゅね。びっくりしたでしゅ》

「ふふ。なんだか危なっかしくて。それに、珍しくリクト兄も加護を与えてたよ。あれの方がびっくりだったけどね」

そう。今回、コウヤがジルファスに聖魔神としての加護を与えたと同時に、武神であるリクトルスが加護を与えていたのだ。死をも司る神であるリクトルスの加護だが、正しく作用すれば自身と味方の死を遠ざける効果がある。今の彼には願ってもない加護だろう。

《リクトさまは加護をあまりお与えにならないでしゅよね》

「力を持っても驕《おご》らずにいられる人は少ないからね」

リクトルスは加護を与えることに慎重だ。彼の加護を受けた者は、一気に強くなるわけではないが、時間をかけて確実に強くなる。だが、その過程で力に溺《おぼ》れる者が多い。そういう者は驕り高ぶり、死を呼び寄せることになる。

一方、力を制御《せいぎょ》して常に己を鍛えて律《りつ》し、正しく力を振るう者からは、死を遠ざける。これがリクトルスの加護だ。相手の人生を狂わせてしまうようで、リクトルスは加護をあまり使いたがらない。そのため、彼の加護を受けている者は極端に少なかったりする。

「リクト兄《にい》が気に入るなんて、本当に珍しいよ」

余程気に入ったのだろうか。それとも、コウヤと同じように、危なっかしいとでも思ったのだろうか。案外過保護なリクトルスだ。その両方かもしれない。その時、こちらへ向かって来る人に気付いた。

「あっ、兄さん……」

「ルー君」

ルディエだった。

「迎えに来てくれたの？」

「うん……大丈夫だとは思ったけど、こっちの処理は終わったから……」

余計なことを、と怒ったりすると思ったのだろうか。目が泳いでいた。タリス達に待っているように言われたのかもしれない。いつものように、よしよしと頭を撫でておく。

「そっか。心配してくれてありがとう」

「っ、うん」

「ふふっ。じゃぁ、帰ろうか」

こうして、なんだか緩々な雰囲気のまま『霧の狼』は壊滅したのだった。

特筆事項⑤　報告書を作成しました。

国内に巣食っていた盗賊団、『霧の狼』を全て捕縛したコウヤ達は、次の日にはユースールの町に戻って来ていた。

「いや～あ、あっという間だったねえ」

このユースールのある国、トルヴァランの国内を全て回ろうとすれば、馬車で最速でも三ヶ月はかかるだろう。それをたった数日で周り切り、更に盗賊団のアジトを三十以上壊滅させた。あっという間と言うには濃い数日だったと思う。

「ずっと移動してたのに、ほとんど疲れてないよ。ベッドとか、椅子とかであんなに変わるんだね」

マンタから降り、ユースールへと向かう途中。軽い足取りで一行は進む。

「俺……今日からちゃんと家のベッドで寝られるか心配ですよ」

「それあるね」

タリスとソルアが並んで楽しそうに話しているのを聞きながら、コウヤはルディエから受け取った調査資料を確認していた。

「これでまとまりそう？　僕達、役に立った？」

コウヤの横を歩きながら、ルディエは不安そうにしていた。そんなルディエの頭を、資料を持っていない方の手で撫でる。

「とっても役に立ってるよ。ほとんど休めなかったでしょう？　この後、ちゃんと休んでね」

「うん……でもコウヤ兄さんは？」

「俺も今日はもう休むよ」

本当は休まずに一気に報告書を仕上げてしまいたいのだが、ここはちゃんと休まないと周りが怒るだろう。こっちにはそういうことを報告してしまうパックン達がいる。一日はちゃんと休むことにする。一日は、だ。

「ヘル様。明日の夕方にはそちらへの報告書も上げます。一緒に相談したいこともあるのでレンス様とも面会したいのですが」

相談事とはジルファスのことだ。後日、盗賊達から預かった告発文書を届けてもらう必要もある。

「分かった。なら、明日の夕方に来てくれるかい？　せっかくだし、夕食も一緒にしよう」

「承知しました」

内心苦笑しながら答える。断らないよね、とその目は語っていたのだ。

「タリス殿も一緒にどうでしょうか」

ヘルヴェルスはタリスにも声をかけた。

「そうだねえ。お願いしようかな」

「では、明日の夕方に」

「うん。お疲れ様」

「お疲れ様でしたっ」

そうして、ユースールの町に入ってすぐ、解散となったのだった。


翌日。コウヤはいつものように朝からギルドの仕事をこなしていた。

「なら『霧の狼』が壊滅したってのは本当なんだなっ」

「はい。情報が早いですね。正式な発表があったのって、昨日の夕方ですよね？」

情報通な冒険者達は、既に国からの発表を知っていた。この辺りにまでは『霧の狼』が現れなかったので、情報が伝わってくるのは遅いはずだった。

「前に飲み仲間が襲われたことがあってなあ。それで気になってたんだよ」

「そうだったんですか」

国中にアジトを持っていた大きな盗賊団だ。知り合いの冒険者が被害に遭っている場合もある。

「あいつらにやられて死んだ奴も多いって聞いてたから、警戒してたんだ」

「そうですね……ただ、荒っぽいことをしていた者の大半は『霧の狼』の名を騙《かた》った人達だったそうですけど」

「そうなのか？」

「ええ。『霧の狼』の標的は大抵、貴族達やその貴族と関係のある商人だったそうです。荷や情報を狙っていたようですね」

「へえ……変わってんなあ。けど、だからあんま捕まらんかったんかもなあ」

納得しながらその冒険者は仕事をしに出て行った。

色々調べて分かったことだ。大きな盗賊団ということで、下っ端達がその名を笠《かさ》に着て酷いこともしていたらしい。ベルティも半分くらいはそんな下っ端とつるんでいたようだ。

元貴族と名乗って町で勧誘していたのも、少々頭の良い下の者達が幹部達の身の上を知り、使えると判断して騙っていたのだ。上も、資金を集めるためにそれを黙認していた節もあるが、ほとんどはしっかりとした計画と下調べをした上で襲撃を行《おこな》っていた。

被害者も多く問題視されていたのだが、その半分以上は、彼らの仲間となり行方不明になった者達だったようだ。つまり狂言だったのだ。

死んだことになると、その後の行動がしやすくなる。そのため、被害者として死んだことにしていたらしい。全てルディエ達が調べてくれたことだった。

本来ならば、そんなことをすれば国が動くきっかけになってしまう。それに気付いていなかったのだろうか。それよりも彼らは、自分達を死んだことにしたかったのかもしれない。

「必死だったんだろうな……」

そんな彼らの無念を晴らすためにも、告発文書と調査報告書をしっかりと完成させなくてはと思う。

「それにしても……杜撰だな……仕方ないけど」

元貴族の子息達とはいえ、報告書なんて作ったことなどなかったのだろう。当然、形式だって分からない。事務職員としては、許せない出来だった。

「思わず取り上げちゃったけど、また『子どもが見るには』とか言われちゃうかな」

エゲツない内容の報告書は、きっとヘルヴェルス達が顔をしかめると予想できるものだった。

「あ、ゲンさんの所にも寄らなきゃね。よしっ、頑張るぞ！」

気合いを入れて猛然と仕事をし始めるコウヤ。数日休んだために溜まっていた仕事もすごい勢いで消化されていった。それを見守る職員や冒険者達は、いつものコウヤのいる光景にちょっとホッとするのだった。


コウヤが仕事を終えたのは、日が赤く染まる少し前だった。

「え？　もう上がっていいんですか？　確かに皆さん、今日はお帰りが早かったですけど……」

いつもは、もう少し日が傾いた頃から依頼帰りの冒険者達で混み合うのだが、どうしてか今日はピークの時間が早かった。

「そうね。珍しいこともあるものだわ」

ふふふと笑うエルテ。残っている冒険者達は、なぜかよそよそしく目を逸らしていた。

ギルドの受付より少し離れた一角に、打ち合わせや休憩をするためのテーブルと椅子が置かれている。そこで、早く帰って来た冒険者達は、飲み仲間と待ち合わせでもしているらしい。沢山の人がたむろしていた。

彼らはコウヤが今日の夕方頃に領主邸に行くことを聞いており、仕事を残すことを気にするコウヤのため、なるべく早く切り上げようと一致団結したようだ。コウヤはどこまでも愛されている。

「コウヤくんは今日、領主様と会食でしょう？　遅れちゃいけないわ。タリス様も今用意をしていますから、あと少しだけ待ってもらわないといけないけれど」

コウヤは遠慮したのだが、ヘルヴェルスがせっかくだから迎えを寄越《よこ》すと昼頃伝えてきていた。三十分後くらいに迎えの馬車が来る予定だ。

「はい。でも約束の時間までまだ少しありますし、隣の薬屋に行ってます。パックンとダンゴを回収しなくてはならないですから」

「分かったわ。そっちに行くようにするから、時間まで向こうにいてちょうだい」

それじゃあ失礼します、と言ってコウヤはギルドを出る。冒険者達も『お疲れ』と手を振ってくれていた。

◆　◆　◆

ギルドの隣にあるゲンさんの薬屋にやって来たコウヤは、忙しく動き回る神官達を横目に、ゲンと休憩室で向き合った。

「スターバブルの精製法は大丈夫そうですか？」

「知識としてはなんとかなったが……やっぱり実際にやってみんとなあ」

ゲンには、昨日帰ってすぐに、スターバブルの精製法を書いたコウヤお手製のテキストを渡していた。その後の薬の作り方については、ゲンに貸したままになっている古代エルフの薬学書に載っているので、それを解読しておいて欲しいと伝えてもいる。

「薬もなあ……『星の雫』以外の材料も結構エゲツないぞ。この辺じゃ手に入らないのが二つ。時期的に厳しくなりそうなのが一つある」

「他の材料については、パックンが大量に持ってるから別に心配はないんです」

「……相変わらず……何入ってんのか不安になるぜ……」

二人で見つめるのは、部屋の端でダンゴと遊ぶパックンだ。三十センチ四方の白木の宝箱の中には、恐ろしい量の金貨や薬草、魔法の球に、爆発数秒前の爆弾など、様々なものが詰まっている。

「それより、何はともあれ実践ですね」

「おう……けど、スターバブルなんて『王座の迷宮』にしかないって言われてんだろ？」

スターバブルが実るのは、古代の貴重な木だ。その辺に生えているようなものではない。しかし、コウヤには近くに当てがあった。

「大丈夫です。俺とばばさま達が昔住んでいた家の裏庭にありますから」

「……ん？　いやいや、今庭っつった？　あの古代樹が庭にあるなんておかしいだろっ」

「と言われましても……ほら、数年前にすっごい猛暑があったじゃないですか。その時にどうしても欲しくなって、庭で育ててみたんです」

キイがたまたまスターバブルのタネを持っていたのだ。育つとは思わなかったらしいが、珍しいものだから記念としてしまっておいたそうだ。それをコウヤが見事復活させ、実が生《な》るまでにした。

「あれの精製水は、弱った体の水分補給にとってもいいんですよ。俺、あの味好きなんで、普通に飲み物用として薄めたのを持ってます。飲んでみますか？」

コウヤは取り出した瓶をゲンに差し出す。水で薄めてあり、日本の給食で出る牛乳瓶くらいの量だ。そして、味はビタミンCの入ったスポーツドリンクのようだった。

「これ、病気の方にもおススメなんです。体内の魔力を整える効果があるんですよ」

「へぇ……魔力に干渉するのか。扱うのが難しいはずだぜ……っ、ウマっ」

「美味しいでしょう？　たまにすっごく飲みたくなるんです」

飲みたいと思うのは、体が無意識に求めているからだ。魔力が滞《とどこお》らない人なんてほとんどいない。少しのストレスでも体内では変化が起こるものだ。コウヤとしては、自律神経《じりつしんけい》的な解釈をしている。

「けど、製薬法を解読してて思ったが、あれは効果としてはかなり強いよな。それを数ヶ月飲まんと治らんというのは……陛下もよく保ってるもんだぜ……間違いねぇんだよな？」

「はい。あの方々が過去に集めておられた材料の情報から、間違いないかと。ただ、足りなくなるとは思いますけどね。今の薬師の方の力では材料を無駄にするだけです。ギリギリの量しか集められていないと思いますし」

これくらいあれば大丈夫と思ったはずだ。薬とは、大抵は一回分で治るもの。恐らく、彼らが手に入れた資料にも、使用回数などの記載はないだろう。

だが、今回のものはとても特殊な部類だ。数回に分けて服用する必要がある。彼らが持つ資料に、人族用に調整された一回分の容量の記載がされているならば良い。しかし、これがもし、魔力や生命力の高いエルフ辺りの種族用の容量であった場合は危険だ。人族には強過ぎる薬だ。それも弱った病人に飲ませれば、逆に殺してしまうだろう。

「数回にわたって飲み続けるとは思わんかったんか……けど、なら製薬法の記録が間違ってんだよな？　大丈夫か？　失敗作を飲ませたりせんよな？」

「薬師の方によりますね……完成したと偽《いつわ》る可能性もなくはないかと……」

あの時は色々と思うところがあったとはいえ、試すような言葉も言ってしまった。そのまま伝えていたらマズイかもしれない。

「めちゃくちゃな薬師もいるもんだな……まあ、俺はあれだろ？　もし薬師が来たら教えればいいんだろ？　数日中に一度作ってみっから、確認頼む」

「はい。ご面倒をおかけします」

座ったままコウヤが少し頭を下げると、ゲンは照れたように顔を背ける。

「いや……俺も、今はなんかな……楽しいんだ。教えるってのも、新しい薬に挑戦すんのもな……お前に出会えて良かったよ」

「ゲンさんっ。はい！　俺も出会えたことに感謝してます！」

「お、おう……っ」

ゲンはコウヤの無邪気な笑顔を眩《まぶ》しそうに見て、また目を逸らしていた。

タリスと共に領主邸での会食を終えたコウヤは、今回の『霧の狼』捕縛についての報告を始めていた。

「ならば、彼らが貴族の出であることは確かなのだな……」

「はい。身元の調査書類がこちらです」

ルディエ達、白夜部隊の行動はやはり無駄なく素晴らしかった。コウヤとタリスが盗賊のアジトを強襲する間に、飛行船に残っていたメンバーが、一つ前の場所で捕まえた者達の身元調査をしてくれていたのだ。それにより、結果的に様々な情報が入手できた。

彼らが出奔《しゅっぽん》した理由や調べていた貴族について。その協力者も全て芋《いも》づる式に出てきた。お陰で調査がやりやすかったらしい。もちろん、成果の半分以上は、ルディエ達の力量によるものだ。集めてきた情報をコウヤが移動時間にまとめ、こうして資料として完成させていた。

「……なるほど。だが、彼らが捨てた身分を理由に刑を軽減させることはできない……聞くところによると、コウヤは彼らを死なせたくないのだろう？」

盗賊はほとんどが死罪。それを免れるのは、誰も人死にを出していない場合だ。『霧の狼』についての被害報告では、かなりの死人が出ていた。まず死刑が確定するだろう。直接手を下していないと言っても、それは通らない可能性が高い。彼らは一応幹部としての立場にいたのだから。

だが、コウヤはそれでもと思う。

「死なせることだけが罰ではないと思うのです。彼らが心から自らの行いを悔《く》いてこそ、意味のある罰を下せるはずです」

「分からないでもない……だが、彼らのような者は反省しないものだ。諭《さと》す時間も人員も割けない。

それが現実だ」

どれだけ言葉を投げかけても、聞かない者は聞かないのだから。

「はい。現実的でないのは分かっています。ですが、なぜ彼らがこんな行動をしたのか。その理由を被害に遭った方々も知るべきです。それでやられたことを許せと言いたいわけではないですよ?」

だから殺すなと言いたいわけではない。

「許されないのだと知ることも必要で、他に手はなかったのかと考えさせる時間がわずかでもあればと思うんです。そうして彼らが反省することで、原因は何なのかと考える者達が出てくることが大事ではないですか?」

「……」

「どのような結果になったとしても、無為に罰せられるべきではないでしょう。彼らの存在が何かを残すものでなくては、それはただの人殺しの見せしめになってしまう」

法として刑を与えるならば、刑をただ怖いだけのものにするべきではない。裁かれるからやらないではなく、どうしてやってはいけないのかを理解して日々行動して欲しい。そうコウヤは願っている。

「そう……だな。正しく罪を償わせる意味でも、必要なことだ」

「はい。そしてこれが、彼らが罪を犯してでも戦おうとした理由です」

コウヤはまとめ終えた告発書をレンスフィートへ差し出した。大きなクリップのようなもので綴《と》じておいたが、五部くらいに分かれてしまった。それを手に取り、まずは見慣れないクリップに目を奪われていたレンスフィートだが、何気ない所作で中を確認し、目を見開いた。

「こ、これはっ、まさか全てか⁉」

「はい。彼らが集めていたものを俺の独断で接収し、こうして、正規の書類としてまとめさせていただきました」

「っ、これが……彼らのっ……」

絶句しながら、険しい表情で目を通していくレンスフィートを見て、ヘルヴェルスが恐る恐る声をかける。

「父上……それは一体……」

「見てみなさい」

「はい……」

「じゃぁ、僕もいい？　この件、コウヤちゃんがやったことなら、上司として確認しておかないとね」

「ええ。どうぞ」

タリスは、コウヤの守り役だ。知っておいてもらうべきだとレンスフィートは判断した。

「これは……そんなっ……」

「すごいねえ。これじゃあ全部筒抜けだ。秘密裏に、とかもコウヤちゃんにかかったら無理だね。あ、もしかしてコウヤちゃん。あの子達に裏取りさせてたの？　なんか彼ら、忙しそうにしてたから気になってたんだけど」

タリスはコウヤの命《めい》でルディエや白夜部隊が動いていたことを知っていたのだ。やるべきことはやってくれていたので、気にしなかっただけだった。

「はい。ルー君達には無理をさせました。ただ、良い訓練になったと、すごい笑顔で言われましたけど」

とっても充実していたらしいのだ。ルディエはあれで、各地に協力者を作っていた。神官殺しだった頃の縁《えにし》だ。それは意外にも教会に近い者が多く、貴族達の情報を集めるのには好都合だった。

「あの子達、どこに目標置いてるの？　もう裏では敵なしでしょ？」

「そうですねえ。昨日から数人、実地訓練だって町を飛び出して行ってますしね」

「どこ行ったのよ」

タリスが嫌そうな顔をした。何かやらかすと思っているのだろうか。

「王都方面みたいです。ルー君に、俺が第一王子様と接触したことを話しちゃったんで、多分そっちの情報を集めに行ったんじゃないかと」

「会ったのかい？」

ヘルヴェルスが少し腰を浮かせた。そういえば、話していなかったかもしれない。

「はい。最後の捕り物の時に『王座の迷宮』に逃げ込まれてしまって。そこでスターバブルの採取に出向かれていた王子と会いました」

「迷宮に⁉　そ、それでジルファス様は……」

「案内役の騎士の方が第二王子派だったらしくて、危なかったですけど、怪我もなく外までご案内しました」

「第二王子派が……でも、そうか……コウヤが助けてくれたんだね。ありがとう」

「ギルド職員としてお仕事をしただけですよ」

笑顔で答えれば、ヘルヴェルスは苦笑していた。

「その時、この資料もお預かりして、俺がまとめ直してからレンス様の方からお届けしますとお伝えしたのです」

「これを知っておられるのかっ」

驚くレンスフィートの前に、盗賊達から預かった資料を出す。

「これがまとめる前の、彼らが国に……第一王子に渡そうとしていた告発書なんですが」

「う、うむ……なるほど……」

途端に残念なものを見るような目になった。

「びっくりするほど杜撰で、さすがにこれを渡したとしても、王子が読まれるとは思えなくて。ただ混乱させるだけですし、内容を信じたとしても、当事者の方々へ見せるには穴があり過ぎです。精査するのにそれこそ何年もかかりそうでしょう?」

「……側近が目を通しても、捨てられそうだな。よくこれをここまでのものにしたものだ……」

「ルー君達が頑張ってくれたのでっ」

お陰でとても満足のいくものになって、コウヤは機嫌が良かった。良い仕事をしたと爽快《そうかい》な気分だ。

「ただ、調べてもらって分かったのですが、告発の対象となる方々の一覧を見てください」

「ああ……っ、そうか、なるほど……」

「父上？」

少しだけ強張ったレンスフィートの表情を見て、ヘルヴェルスが身を乗り出す。

「割合としては第二王子派が四分の三。残り四分の一が第一王子派の方なんです。俺は第　王子がどんな方か、一度お会いしただけでは分からなかったので、これをご覧になって第一王子がどう思われるかが気になっているんです……」

公正な人であって欲しいと思うのは、コウヤの願望だ。実際はあれだけの時間では分からない。自らの陣営の者達まで罰することができるだろうか。告発書を渡したとして、正しくこれを公表してもらえるだろうかと心配になったのだ。

「……なんとも言えないな……私はどちら派という立場を取っていないのでな……いや、あの方はご自身にも厳しいところもある。説得は可能かもしれんが……」

「すみません。レンス様にご迷惑をかけてしまいますね……」

「っ、そんなことはない！　私に任せなさい！」

立ち上がってコウヤに主張するレンスフィートに驚きながら、コウヤは笑顔でお礼を告げる。

「っ、ありがとうございます！」

「う、うむ」

これを見ていたタリスが弱ったように呟く。

「あの笑顔にほだされるんだよね……」

「はい……」

これは仕方がないとヘルヴェルスも深く頷いていた。

コウヤはタリスとのんびり夜の町を歩いていた。レンスフィートに馬車で送ると言われたのだが、ゆっくり話をしながら帰るからと断ったのだ。因みに、パックンとダンゴは既にお休みモードに入っており、いつものようにダンゴは紐を付けてパックンに引っ掛けてある。腰にくっ付いたままのパックンは、几帳面《きちょうめん》に《((-_-))…zzzZZ》という表示を時折出しているようだ。

「それで？　神官ちゃん達、王子の何を調べに行ったの？」

タリスはずっと気になっていたらしい。コウヤが第一王子と接触したから調べるというだけにしては、急いでいるように感じたのだろう。帰って来てすぐにとんぼ返りしたようなもので、確かに急いでいた。タリスは、今この町にルディエがいないことにも気付いていたようだ。コウヤにだけ特別に好意を寄せるルディエが、遠く離れた王都へ直接出向いているのが気になったらしい。

「大したことじゃないですよ。俺の父親だって分かったら、気になったみたいですね」

「へえ。コウヤちゃんの父……っ、父親!?」

さすがに驚いたらしい。レンスフィート達には言えなかったが、タリスなら気にしないと思った。

「はい。ルー君、俺より先にばばさま達にもちゃんと確認したらしくて。あれからすぐに出かけちゃったんです」

「コ、コウヤちゃんはなんでそんな普通なの……」

「え？　そんな気になることじゃないでしょう？　あっちも俺が生まれたことを知らなかったみたいですし、既にお妃様も迎えられています。確か小さなお子さんもいらっしゃるはずです」

ジルファスが妃を迎えたのは、七年ほど前だ。子どもはヘルヴェルスの息子のティルヴィスと同い年だったはず。

「それでも、コウヤちゃんのお母さんのことは気にしてたかもよ？」

「そうだとしても、気持ちの整理はついているんじゃないかなと」

「……コウヤちゃんって、自分のことには本当に無頓着《むとんちゃく》っていうか……あ～、だからあの子ら慌てて調べに行ったのね～。なるほど、なるほど～」

コウヤは苦笑する。確かに願望は入っている。母のことについてはきっちりと心に区切りを付けていて欲しいという願いだ。そうでなければ、きっと面倒なことになる。

「気にし過ぎだと思うんですけどね」

「コウヤちゃんのその振り返らない精神っていうのかな？　過去に囚われないところって良いと思うんだけどね～」

歌うようにタリスはそう呟く。

「まあ、その時になったら考えればいいかな。うん。面倒になったらお休み取って他国に遊びに行っておいでよ。その間に僕らがなんとかしてあげるからさ」

「ふふ。ありがとうございます」

タリスとしては、面倒なことになっても構わない。そうすれば、コウヤのために動けるのだから。

「頼りになる大人っていうのを分かって欲しいしね～」

「ん？」

「なんでもないよん。そんじゃ、また明日ね」

「あ、はいっ。おやすみなさい」

「おやすみ～」

その数日後。ユースールに第一王子一行が予想よりも早く到着したのだ。

特筆事項⑥　王子が町へやって来ました。

レンスフィートは、息子とあまり歳の変わらないジルファスを前に困惑していた。

現在、部屋にはレンスフィートとジルファスしかいない。護衛の騎士達も、連れて来たという薬師達もヘルヴェルスに任せ、休息を取ってもらっている。かなりの強行軍だったらしく、皆一様にぐったりとしていたのだ。本来の予定では、ジルファスにも休んでもらおうと思っていた。だが、一刻も早く告発書を確認したいと言われ、こうして別室にて渡すことになったのだ。

ジルファスは、王宮に帰った後すぐに、コウヤがあの場で何をしていたのかを知るため、冒険者ギルド本部に問い合わせていた。

それにより、告発書を渡そうとした彼らが『霧の狼』という盗賊であり、数年前の反乱を起こした貴族の子息達であることを知った。彼らの思いを理解していたジルファスは、急いでユースールへ向かう準備に取りかかった。レンスフィートに届けさせるようなものではないと思ったのだ。そうして、薬師を連れて大急ぎでやって来たというわけだ。

ジルファスは、きっちりと分かりやすくまとまった告発書を食い入るように見つめ、証拠の数々に表情を固くしていた。全てに目を通し終わるとお礼を言い、頭を下げる。そこまでは良かったのだ。

「……それで、コウヤとその母について聞きたいこととは……」

「実は……」

レンスフィートは、ジルファスがコウヤに興味を持ってしまったことに、少しばかり警戒していた。だが、話を聞いていくうちに口元を手で覆《おお》い、絶句することになる。

「では、コウヤは殿下の……」

「はい……間違いないのではないかと思っているのですが……まずはファムリアにっ、ファムリアに会って確かめたいのです」

ジルファスがファムリアと出会ったのは、この国ではなく、隣国の領土内でのことだったという。

ジルファスはその時、王の容態《ようだい》が悪くなったと聞き、遊学から急ぎ戻るところだった。だが、第二王子派の者達がそれを阻止しようと、多くの刺客《しかく》を送り込んで来たのだ。

元々彼らは、ジルファスを遊学中に消すつもりだったらしい。それが成される前に戻って来られては困ると思ったのだろう。様々な思惑が入り乱れている時だった。そして、同じく教会から逃げてユースールに向かっていたファムリアと出会ったのだ。

「彼女と別れるつもりはなかった……だが、私には敵が多い。彼女を王宮へ連れて行ったとしても、守り切れるか分からなかったのです」

「そうでしょうね……」

懺悔にも等しい言葉だった。手を組み、俯《うつむ》き、独白する様は、まさに懺悔しているようだ。

「今でも確実に守れるとは言い切れない。ですが、会いたいと……願ってしまう。あの子の瞳は彼女と同じだったのです」

その想いがレンスフィートには理解できてしまった。死別した最愛の妻を想う気持ちと同じだと。

「ではまず、コウヤの後見人《こうけんにん》の方々に伺いましょうか。コウヤは今、仕事中ですからな」

時間からして、今コウヤを訪ねれば、仕事の邪魔になってしまうと知っていた。

「後見人……それはこの町に？」

「ええ。教会です。殿下はご存知でしょうか。このユースールでは四神を奉《たてまつ》る『聖魔教』があるのです。その司教様達がコウヤの育ての親です」

「聖魔教……聞いたことがないのですが……」

この教会が国に認められてまだそれほど時間は経っていない。日々奔走するジルファスが知るには日が浅かった。

「どんな教会なのか。その目でご覧いただきましょう。きっと驚かれますよ」

「は、はあ……」

こうして、レンスフィートはジルファスを伴い教会へと向かった。

◆　◆　◆

コウヤはその日、ジルファスがユースールに来たことに気付いていたのだが、普段と変わらず慌ただしい一日を送っていた。

「お待ちの方どうぞ～」

朝の忙しい時間を過ぎ、ギルドから人はかなり減っている。いつもならばコウヤは裏の仕事にかかっているのだが、今日はその仕事をマイルズ、フラン、セイラが担当していた。

「コウヤがずっと受付にいるなんて珍しいな」

窓口に来た冒険者も、珍しくコウヤが朝から続けて受付をしているので気になったらしい。

「こっちは良いって言われちゃいまして。なんか俺がいない時にキツくなるからとか何とか」

今まで酷使《こくし》させられてきた分、コウヤにはなるべく休みを取ってもらおうというのが、ギルドの決定らしい。コウヤは数人分の仕事を一人でやってしまう。それが当たり前になっていたギルド職員達は、コウヤがいない日はとても憂鬱《ゆううつ》だった。やる気があっても進まない仕事に挫《くじ》けそうになるほどだ。

元々、このユースール支部は、国内のどの冒険者ギルドよりも成績が良い。それは、冒険者の数もさることながら、依頼達成の件数が半端《はんぱ》なく多いのだ。必然的に、ギルド職員達が行わなくてはならない処理も多くなる。

ただでさえ人数が少ない上に仕事量も多い。苦戦を強いられたが、コウヤの冗談みたいな処理能力と、効率を求めたギルド内の改革により、何とか回っていた。そこでコウヤを休ませるとなると、確実に業務が滞るのだ。それでもコウヤは、休んだ次の日には全て片付け、そこでリセットしてくれていた。

しかし、コウヤが一週間タリスと国内を巡った時。いつもならば一日で業務がリセットされるのにそれができない。そのまま一週間、彼らは働きづめだった。

『地獄でした……』

コウヤが帰って来た次の日。黙々と午前中に仕事をこなしたコウヤのその処理速度を見て、昼休憩の時に皆が言った言葉だった。

『お、終わるのか……？』

コウヤも本気で仕事をした結果、溜まりに溜まっていた仕事が、昼過ぎには底が見えるほどあっさり解消されたことに、職員達が滂沱《ぼうだ》の涙を流していた。一週間仕事をしなかったことで、逆にコウヤはやる気を出していたのだ。いつもの数倍速で処理をしていった。とても楽しかったというのがコウヤの感想だ。働くことが楽しいコウヤは、忙しいほどテンションが上がる。

彼が領主との会食のために早く仕事を上がった時。職員達は残った数少ない書類を見て言った。

『神だ……』

間違いない認識だった。

この時、このままではいけないと彼らは思ったらしい。いつまでもコウヤに頼っていてはダメだと。それから、少しでも効率を上げようと努力をし始めた。コウヤがいる時は受付を任せて、自分達は裏の処理を全力でやる。コウヤ一人で裁く分量を三人でこなさなくてはならないことに既に挫けそうになっていたが、彼らはそれでも、確実に自分達が成長しているのだと実感してもいた。

実際、彼らが他のギルドへ行ったならば、コウヤのように数人分の仕事を一人で処理できるだろう。このギルド、基準が高過ぎるのだ。それは、外から来た冒険者ほど理解しやすかった。

「ははっ。コウヤは他のギルドなら、一人で全部できるくらいの滅茶苦茶《めちゃくちゃ》な能力してるから」

「え？　それは無理ですよ？」

「いやいや、できるって。寧ろ、俺達の仕事まで取りそうだ」

それを聞いて、ギルド内にいる者達は全員頷いていた。

「コウヤが出て来んでいいように頑張るわ。これ頼む」

「はい。今日はお一人なんですね」

「まあな。相棒が風邪《かぜ》引いたみたいでさ。今日一日だけだ。ゲンさんの薬はよく効くからな」

いつもは二人で仕事に出かけるその人は、今日は一人で受けられる軽い依頼を受けるらしい。

「気を付けてくださいよ？　冒険者の方は体が資本なんですから。薬が効いてもちゃんと食べて休まないとダメです。無理は禁物《きんもつ》ですからね」

「ありがとうな」

「おかしいなって思ったら、ゲンさんにちゃんと相談してくださいね。女性の体のことですから、お兄さんじゃ分からないことかもしれないですし」

「うっ、わ、分かった」

相方は女性だ。無骨《ぶこつ》な男とは感覚も違う。そこもちゃんと注意するようにと助言しておく。

「登録完了です。相方さんのためにも早めに帰って来ることをお勧めします」

「だな。じゃあ、行ってくる」

「お気を付けて」

彼を見送ると、次にやって来たのは、いつかの解体屋での仕事を勧めた青年だった。

「こんにちは」

「いらっしゃいませ。今日はどうされました？」

青年はあれから、ゲンさんの所にも顔を出し、薬草の採取についても勉強をしていた。お陰で、冒険者としてかなり腕を上げたようだ。

「戦闘講習をお願いしたくて」

カードを受け取り、読み込み用の魔導具にセットすると、今までギルドで受けた講習の一覧が出てくる。それを見ながらコウヤは頷く。

「下級戦闘講習が修了になっていますので、今回から中級戦闘講習になります。初心者戦闘講習、下級戦闘講習と同様に、教官はギルド職員か、冒険者の方で募《つの》るかを選べますが、どうしますか？」

このユースールの冒険者ギルドでは、四つの戦闘講習を受けることができる。初心者戦闘講習、下級戦闘講習、中級戦闘講習、上級戦闘講習とあり、初心者戦闘講習は、薬草の採取の仕方など基本的な座学の他、大半が基礎体力作りの講習だ。

戦えなくても、逃げることができれば良いと教え、低ランクの魔獣や魔物の生態などについても触れる。下級戦闘講習は、武器の扱い方の基本を教える。様々な武器に触れさせ、自分が好む得物《えもの》を探っていく。他に、低ランクの魔獣との実戦も行う。中級戦闘講習は、専門的な戦い方を教えていくもので、ここで自分に相応《ふさわ》しいと思う武器を選び、より実戦的な指導が始まる。

「それなんですが、コウヤさんにお願いしたいです」

「俺ですか？」

「はい！　色々と冒険者の先輩方に話を聞いたのですが、武器を選ぶ時はコウヤさんに見てもらった方が確実だと、どの方も言われるので……お願いします！」

真っ直ぐに頭を下げる青年。とても気持ちのいいものだ。彼は本当に変わったと思う。

「分かりました。では、第一回の講習は俺が担当させていただきます。日程はどうされますか？」

「一番早いのはいつでしょう」

「明日の昼二時です」

「っ、ならそれでお願いします！」

「分かりました。明日の昼二時に地下の第一訓練場にて講習を行います。時間に余裕を持って来てくださいね」

「分かりました！」

カードを手渡すと、今日はまた解体屋で見学と手伝いをするからと、ギルドを飛び出して行った。

「コウヤさん……戦闘講習までできるんですか」

マイルズが書類の回収がてら近付いて来て、驚いた顔をしていた。

「はい。体を動かさないと鈍《なま》りますしね。時々、領兵の方々の訓練にも交ぜてもらってました。鍛えておかないと、冒険者の方とのトラブルに対応できませんから」

因みに、今日の午後は兵舎で久々に訓練に参加することになっていた。昨日、帰りがけに夜勤だった兵からお願いされたのだ。

「……もしかして、このギルドの荒事《あらごと》担当ってコウヤさんなんですか？」

冒険者ギルドでは、表の業務を行う者の中に一人、荒事担当がいる。しかし、このギルドでは、コウヤが来るまで確実に荒事に対応できる者がいなかった。皆、他の支部で弾かれた者達だ。あまりそういうことに向いていない。今までのギルドマスターが、自分より強い者を置きたがらなかったということもある。

コウヤも任命されたわけではない。前ギルドマスターも、コウヤが強いとは思ってもいなかった。いつの間にか色々解決していた、という具合だ。コウヤも彼らの前で力を主張しなかったからだ。

ただし、職員達は上に報告しないだけで、コウヤが実はその辺の冒険者よりも強いことは知っている。だから、コウヤが荒事担当なのだろうという認識だけはあったのだ。最近配属されたマイルズも、そうなのではないかと思っていた。とはいえ、コウヤ本人には自覚はない。

「え？　どうなんでしょう。自主的にやっていただけで、特に指名された覚えはありませんが」

これに他の職員達が動きを止める。一様に『あれ？　そういえば？』という顔をしていた。

「戦闘講習については、勝手にやれと言われた手前、やっていただけですし。確認しておきますね」

「……多分、コウヤさんで間違いないんで大丈夫です」

「そうですか？」

うんうんと全員が頷いていた。

職員全員の昼休憩が終わると、コウヤが休憩に入る。そんなコウヤへセイラが叫ぶように声をかけた。

「コウヤさん！　休憩ですからねっ」

「はいっ。中抜け行ってきま〜す！　兵舎にいますから、何かあったらお願いしますっ」

コウヤは今日、夜勤があるのだ。なので、昼から夜まで中抜け休憩という扱いで休憩に入る。しかし、本来ならば今から仮眠を取って夜勤に備えるのだが、コウヤは違う。時間が空けばそこに予定を入れるのがコウヤだ。それにセイラ達も最近気付いた。

「……コウヤさんって、休憩の意味分かってるんでしょうか……」

「前に僕、聞いてみたんだけど、仕事してるわけじゃないから休憩だって言ってた。同じようにお休みの日もそうだって」

「あれでなんで疲れないんでしょうね？」

フランもマイルズもアレはないと首を横に振っていた。

同僚がそんなことを話しているとは知るよしもないコウヤは、隣の食堂で昼食を終えると、パックンとダンゴに声をかけようと薬屋を覗いた。

「こんにちは～」

「あっ、コウヤおにいちゃんだっ。おしごとおわったの？」

「あそぼうよぉ」

「兄ちゃん、今日は菓子持ってないのか？」

「おにいちゃんっ、わたしもおかし～っ」

薬屋には、近所の子ども達が集まっていた。

「お前ら、大人しくしてろって言ってんだろ」

「やだ～」

「ヒマー」

「あそぶ～っ」

以前のゲンなら、顔が怖いからと子ども達は近付かなかっただろう。見た目は大事だ。何より、ここの病室には今、彼らの父親達が入院している。昔失った腕や足を、欠損薬にて再生中だ。治療してくれる先生は怖くない。

「ごめんね。これから約束があるんだ」

「……そっか……」

「でもヒマ……」

子ども達の不満も分かる。彼らの母親達は父親の代わりに日雇いの仕事に出ていた。

この町の大人達は真面目で勤勉《きんべん》だ。治療代は分割払いで良いと言われているにもかかわらず、早く払えるように、夫が入院してすぐに仕事を始めたのだ。普段母親が傍にいる子ども達にとっては、あまりにも面白くない日々が続いている。そこでコウヤは考えた。

「そうだっ。みんな、教会に行かない？」

「きょうかい？」

「そこでもヒマだよ？」

「お菓子もらえる？」

教会に寄っても時間は問題ない。

「おやつの時間に間に合えば、何かもらえるよ」

「いくー」

「行きたいっ」

「じゃあ行こうか。パックンとダンゴはどうする？」

このままここにいるか、領兵との訓練に付き合うか、それとも子ども達と教会にいるか。それを問うと、パックンとダンゴははっきりと答えた。

《一緒に訓練！ ᕦ(ò_óˇ)ᕤ》

《主さまと一緒がいいでしゅっ》

最近は薬屋にいることが多いが、本当はコウヤと一緒にいたいのだ。

「分かった。じゃあ行こうか」

子ども達のことは、ゲンの弟子のナチから父親達へ伝えてもらうことにする。夕方に母親達が迎えに来る頃にはここへ送り届けてもらうからと言い置いて、コウヤ達はゾロゾロと教会へ向かったのだ。

この時、教会にレンスフィートとジルファスがいることを、コウヤは気にしていなかった。

◆　◆　◆

レンスフィートと共に教会へやって来たジルファスは、司教であるベニと対面していた。

「初めてお目にかかります。ジルファスと申します」

ベニの目を見た瞬間、ジルファスは彼女の前では自分の肩書きなど必要ないと感じた。

「ようういらした。ベニという。ファムから話は聞いておったでな。一度会ってみたかった」

「っ、ファムからっ」

その名を誰かからずっと聞きたかった。ジルファスはそう実感すると、今でも彼女を変わらず愛しているのだと、胸に熱いものが広がるのが分かった。通された部屋は質素ながらも落ち着いた空間で、家族団欒《だんらん》に使うような、そんな温かいものを感じられる場所だった。

「まず、伝えておこう。ファムリアはもう十年も前に亡くなったよ。流行《はや》り病でね。治療が間に合わなんだ」

「っ、やはり……そうでしたか……っ」

ジルファスは覚悟していた。コウヤにファムリアのことを尋ねた時、返事が過去形だった。ただ、信じたくはなかったのだ。いつか迎えに行くと約束もしていたのだから。

「あの子は、子どもを産んでから、自分の聖女としての力が弱まっていることを知った。だが、聖女としての生き方しか知らん……そこで流行り病の兆《きざ》しがあると聞いた村へ、最後のお勤めだと言ってね……まだ幼いコウヤがいる場所に戻るのを躊躇《ためら》った。気付いた時には間に合わんかったんよ」

他の村や町にもその病は広まっており、その治療のためにキイとセイも単身向かった。

元々、ファムリアは体が丈夫な方ではなかった。産後の状態も良好とは言えなかったのだ。その上病を発症し、戻って来ることができなかった。キイとセイが気付き、様子を見に行った時には、もう手遅れだった。

「っ、ファム……っ」

きっとファムリアは、自分は帰れないかもしれないと分かっていた。だからこそ『最後のお勤め』だと言った。

「すまんな……」

「いいえ……っ、ありがとうございました……」

ジルファスは立ち上がると、深々と頭を下げた。そんなジルファスを見て、ベニは苦笑する。

「本当は、あんたに会いたかった理由はなあ、一発殴ってやろうと思ってたんよ」

「っ……」

くくくっと笑うベニは、ジルファスの驚く顔を見て続けた。

「ファムが死んだ年に、あんたは今の妃と婚約した。許せんかったわ。コウヤがおらなんだら、城ごと吹っ飛ばしとるて」

「っ、お、俺はっ……」

王子として対応する時は『私』と口にするジルファスだが、思わず『俺』と言ってしまうほど動揺していた。

「まだまだ手のかかる可愛い孫みたいなもんやったでね。わたしらはあの子を置いて出かける気が起きんかった。そんで、あの子が五歳の時か……結婚したやろう？　そん時はさすがに頭にキたけどなあ。それも、コウヤに止められたんよ」

「止められた……？」

ベニからは、特に怒りは感じない。だから、最後まで話を聞こうと、ジルファスは立ったままベニを見つめた。

「自分の母親が、好いた人が幸せになることを恨むとは思えないと言ったんよ。あんたに子どもが出来ても『それはおめでたいことだね』とか言う子やわ」

「っ……」

どうでも良かったという風に捉えることもできる。だが、コウヤは純粋にその時に感じたことを口にしたのだろうと、なぜかジルファスには感じられた。たとえ都合の良い解釈だと言われたとしても、そう思わずにはいられなかった。

その時だ。コンコンとドアをノックする音が響き、一人の少年が入り口から顔を出す。ジルファスはその少年から一度鋭い視線を送られたのに気付いた。これに戸惑っていると、少年はベニに伝える。

「ベニ司教、コウヤ兄さんと出かけてくる」

「っ！」

びくりとした。その間も会話は続いていた。

「来とるんか？」

「うん。薬師の所で治療中の人の子ども達を連れて来た。夕方にはこっちで送らせるから」

「分かった。気い付けてな」

そうして、少年がもう一度こちらへ視線を寄越すのを感じながら、ジルファスは呆然と見送ることしかできなかった。大きく息を吐いてから、ジルファスは震える声でベニに尋ねる。

「い、今の子は……」

コウヤ兄さんと呼んだことが気になっていた。ファムリアに、他に男がいたのだろうかと動揺したのだ。そんな思いなど、ベニにはお見通しだった。

「ああ、あの子はコウヤを兄と慕《した》っとるだけよ。あれでもこの教会の神子や。手ぇ出さんといてな」

「っ、神子ですか……っ」

神子とは、神に認められた存在だ。最も神に近く、その神から受けた加護の力も強い。見つかれば、教会の奥深くで守護され、一生を終える。神子がいるということは、教会が神に認められているという証に他ならず、とても神聖な者として、神に次いで崇《あが》められる存在なのだ。

一国の王とて簡単に会えるものではない。何より、神一柱につき、その時代に一人、ないしは二人しかいないのだ。

とはいえ、元無魂兵の者達は、全員が神子や巫女だ。そうなってしまったのは、彼らが本来の寿命よりも長く生き延びてしまっていたからだ。彼らは、神が管理する寿命から逸脱《いつだつ》してしまった存在。それにより、次の神子や巫女を選定していくことになった。よって、称号はそのままに、死んだものとして生きていたのだ。

「正真正銘《しょうしんしょうめい》『聖魔神の神子』さね。あの子に国が手を出すと、えらいことになるからね。王様でもなんでもあっさり消されるで、気ぃ付けな。コウヤに手を出すのもダメだでね」

「……聖魔神ですか」

色々と衝撃的な忠告だが、それよりも『聖魔神』という言葉が引っかかっていた。

「そういえば、ここは『聖魔教』の教会だとお聞きしましたが……」

そんな神がいただろうかと不思議に思うのは仕方がないことだった。

「元魔工神様のことよ。邪神とされてしまった彼《か》の神が、再び神へと戻られた。今は聖魔神様となっておる。だが、聖魔神様だけを祀《まつ》るのは、優しい彼の神の意に反するでな。この教会では他の三柱の神と合わせてお祀りしておるのよ」

「だから『聖魔神教』ではなく『聖魔教』なのですね……」

「そうや」

ククク っと喉を鳴らすように笑いながら頷くベニを見て、ジルファスは、今までどこか緊張して強張っていた体の力がゆっくりと解《ほぐ》れていくのを感じていた。

「この教会の神官は、全員が聖魔神様の強い加護を持っておる。他の神の加護と合わせて複数持っとる者も多いんよ」

「それは、この教会が神に……四神全てに認められているということですね」

「そうやね。そんで、おまえさんも加護を持っとる」

「え？」

ジルファスは目を見開いた。慌てて自身のステータスを確認する。普段から確認する癖などない。

「……っ、聖魔神コウルリーヤ様と武神リクトルス神の加護……」

「おや。リクトルス神とはねえ。それは王族としては最高の加護だよ。簡単には死なん上に、その加護を持った者が大軍を率《ひき》いると、味方の生存率が格段に上がるでな」

「……っ」

良かったね、と手を叩くベニ。

「聖魔神様の加護はなあ、人と人との繋がりよ。悪い縁は切り、良い縁は強く固くする。正しいことをすれば周りは富《と》み、間違ったことをするとそれを正してくれる者を呼び寄せる」

「っ、本当に……」

信じられないという表情だ。そして、彼が見つめる先のベニは、慈愛《じあい》に満ちた笑みで手を祈る形に組むと告げた。

「何度も迷うこともあるだろう。けれど、正しいことを考え続ければ、必ず答えが見つかる」

「えっ……っ」

その時、ベニの姿が若返り、二十代頃の美しい女性に見えた。それは、ベニが巫女となった時の姿。神々しいまでのその姿に呆然となる。

「あなたに幸運と未来の光が降り注ぎますように」

「っ……」

レンスフィートも声を失うほど驚いていた。しかし、そんな厳《おごそ》かな雰囲気はすぐに霧散《むさん》した。

「ってことで、コウヤんとこ行っといで」

「……い、いいのですか……」

「ええよ？　時間あるなら、数日この町に滞在したらええ。明日にはこの辺も賑《にぎ》やかになるでなあ」

カッカッカと笑うベニに、先ほど感じた女神のような近寄り難い雰囲気はなかった。この言葉で、レンスフィートも覚醒する。

「あ、ドラム組ですかっ」

「ドラム組？　ドラム組ってまさか、あの高級家具の？」

「家具屋だと思われとるん？　あれは立派な大工やで。コウヤが楽しそうに図面引っ張っとったわ」

「コウヤが？　大工ということは……作るのは家ですよね？」

ジルファスは疑問でいっぱいだ。

「ここの増設と、この隣に孤児院を新設するんよ。里親の数も限られとるし、今までは兵舎の隣に集めて、近所の大人や兵が面倒見とったようだがねえ」

「兵が……？」

「一番安全で、兵が見つけたらすぐに放り込めるでな」

「ベニ司教……その言い方は少し……」

「効率的でええことやと思ったで？」

「ま、まあそうですが……」

明け透《あす》けな言い方だったが、ベニとしては良い考えだと思っていたのだ。大きくなったら兵になると意気込む子どももおり、憧れる大人が傍にいるというのは、子どもにとっても良いことだった。

「兵が孤児を保護しているのですか？」

これにジルファスは飛びついた。

「スラムの中には沢山いるでしょう。それも全てですか？」

どの町にも溜まり場はある。働けなくなった者達の集うスラム街。王都にもある。この世界では、あるのが当然なのだ。

「この町にスラムはないよ。なんや、説明しとらんのか？」

「あ、いえ……私にはないことがもう当然でしたので……そういえば」

「ない？」

レンスフィートにとっては、もはやスラム街はなくて当たり前。特に最近は、手足を失って思うように働けなくなった者も、ゲンの薬で再生できてしまう。薬は領で買い上げ、働き口を探してから十年の分割払いで契約する。

その結果、多くの者が兵になった。中には商店に雇われたり、冒険者として復帰したりする者もいた。彼らには活動報告をする義務があり、更には、返済が終わるまでの十年は町から出ることができない。冒険者としての仕事などで外に出る時は監督者が付くが、逃げる心配はしていない。大人はこれでどうにかできる。問題は働けない子ども達だ。

「この町にスラム街はありません。全員が更生できるよう指導し、安い家賃の家も手配しています。それは、見ていただければ分かるでしょう。ただ、子どもだけが問題で……未だに子どもを他の町から捨てに来る者もいるほどです。そこに、ベニ司教から孤児院新設の提案をいただきました」

「なあに、他から移って来た神官達が多くてね。人員がいるなら使わな損やろう」

「そ、損ですか……」

先ほどの女神は幻だったのではと思えるほど、ベニは豪快な性格だとジルファスは苦笑した。

「なにはともあれ、百聞《ひゃくぶん》は一見《いっけん》にしかず。コウヤに会いがてら見て回られよ。護衛は……おるか？」

「はい」

ベニに呼ばれて静かに入って来たのは、二人の男女。服装が一般的なシスターや神官の着るものではなく、制服のように見える。

「っ、神官様と、シスターですか？」

シスターとは女性を下に見ている神教会から出来た立場で、司教や司祭などの位に就くことはない。男性の神官達の下という立場だ。だが、この教会では、男女の別なく、神官としている。

「正真正銘、この教会の神官だよ。この教会ではシスターという立場の者はいなくてね。この二人を護衛に付ける。それなりに治安は良いとはいえ、領主と王子を二人で出歩かせるわけにはいかんわ」

「も、申し訳ない」

「レンス坊一人なら構わんのだがね」

これは、どうせ陰から護衛を付けるからという意味だ。この町の領主であるレンスフィートを知らぬ者はいない。何かあっても周りが率先して助けるだろう。

だが、客を連れている場合は、周りも気安く助けに入れない。配慮はするが、それだけだ。レンスフィートの仕事の邪魔はしない。なので、これは町の人々を守る措置でもある。

「馬車のご用意はできております。元スラム街をご覧になった後、コウヤ様のおられる兵舎へとご案内いたします」

「あ、ああ……頼む」

まるで今までの会話を聞いていたような口振りだった。気になりながらもジルファスは立ち上がり、ベニに一度頭を下げる。

「お話ありがとうございました。また伺ってもよろしいでしょうか」

「構わんよ。あの子の墓参りもしたって欲しいしね」

「っ……はい。失礼します」

こうして、ジルファスはレンスフィートと案内の神官達と共に、コウヤの元へと向かったのだ。

◆　◆　◆

コウヤは教会に子ども達を預けると、ルディエと共に兵舎へ向かっていた。

「ルー君、休んでなくて良かったの？　最近忙しかったでしょう」

「ううん……コウヤ兄さんと一緒にいる方がいいから……」

「そう？　でもこれから兵の訓練だよ？」

「気晴らしになる」

「ならいいか」

ルディエは、コウヤがこの国の第一王子ジルファスと聖女ファムリアの子であると知り、情報収集のために王都へ行っていた。

王位継承の問題で、ジルファスが面倒な立場になっているというのは周知の事実。そこからコウヤにまで問題が飛び火しかねない以上、状況を知るのは彼にとって必須事項だ。

ルディエが任せて欲しいと言うので、コウヤも好きにさせたが、白夜部隊はやはり優秀だった。

その身体能力も優れていることから、王都との間を通常の半分ほどの時間で移動。そうして、情報を集め切って戻って来たのは、ジルファスがやって来る一週間も前だった。

その上、行き帰りの道中、教会の上層部に不満を抱いていたり、教会自体を信用できなくなったりしていた神官やシスター達を拾い集め、このユースールへ来るようにと勧誘してもいた。

お陰で現在、聖魔教会では神官が日に日に増えていっている。そんな彼らもベニ達に共感し、更にはルディエ達のように戦えるような力も欲していたことで、驚くほどスムーズに、彼らは聖魔教会の方針に染まっていったのである。

「それに、新人達も参加するんでしょう？　なら、兄さんの迷惑にならないようにしないと」

「迷惑なんて。ただの鬼ごっこだよ？」

そう。訓練をすると言っても鬼ごっこだ。ただし、コウヤ以外は全て鬼。とっても変則的だ。もちろん、コウヤも反撃する。索敵能力と、捕縛するための連携、捕捉する身体技能が求められた。

「あれは『ただの』って言わないと思う」

「そう？　あれ？　でもそうだね。鬼さんいっぱいだし。時々飛び入りの冒険者さんとか来るしね」

「その上、兵達は通常業務もするでしょう？　町の人に被害出しちゃダメだし」

「言われてみれば結構な難易度かも？」

「ちゃんと対応できれば、すごい訓練」

「あ、ならいいか」

ちゃんと訓練になるなら問題ない。そう結論付けて兵舎に向かった。
そうして開始された訓練だったのだが、コウヤも楽しめるものになった。その理由はルディエだ。
「回り込むよ。建物の壁面も使う」
「「了解！」」
新人の神官達の呑み込みは早く、身体強化ものにしてコウヤを追って来るのだ。
「うわぁ……壁を走る神官とか、何度見てもすごいね」
《主さまっ、反対側からも来るでしゅっ》
《そっちは空気砲で落とすd(￣￣)》
「落下する高さだけ注意してあげてね」
《了解！(￣^￣)ゞ》
そう。武具を付けていない神官達が壁を走っていた。それで上から下から追って来るのだ。ルディエの指導と指示は的確で手強《てごわ》かった。
「っと、先回りされてる」
《兵隊さんもがんばるでしゅね》
《気配読まれてる？》
「みたいだね。それもとっても正確な位置どりだ。ついでに業務もしっかり遂行中《すいこうちゅう》だね」
この場からは少し離れているが、そこで暴れている市民を取り押さえていた。酔っ払いだ。
「迷子《まいご》の保護も完璧」

見つけた迷子を保護し、両親を探すのもしっかりとこなしている。彼らの索敵スキルにかかれば、迷子を探しているらしい動きをしている者もすぐに見つかった。

「あの辺の兵の人達は、索敵範囲が半径五百メートルを超えてるかも」

《さっき自覚したっぽいでしゅけど》

《中々やりおる (￣ー￣)》

そう冷静に見物しながら走るコウヤは、時に空を飛んでいた。跳び箱のように建物をジャンプして越えて行く。時に神官達のように壁を走り、残像を残して気配を断つ。再び気配を感じさせ、油断している者を時々パックンにパックンさせる。

「うわぁっ」

「こ、ここだぁぁぁっ」

「無念っ」

そうしてパックンされた人は、中で気絶してしまうので、そのまますぐに出して放置。彼らは目覚めると肩を落として兵舎に戻り、通常業務へと戻って行く。これでかなり数は減った。

「兵は結構無力化したけど、神官さん達の数があまり減ってないね」

《強敵でしゅっ》

《二手に分かれる？》

「う〜ん。もう少し減らしてからかな」

《OK ♪(´ε`)》

コウヤは目の前に現れた兵を相手にする。

「コウヤ、覚悟っ」

「ほっ、せーのっ、よっと」

「へわっ!? っぐっ」

綺麗に背負い投げした兵にふわりと微かに眠り薬を嗅《か》がせ、道の端に寄せておく。ほんの数分だけ眠らせるものだ。これで彼は失格。

「この調子で先に兵を全員無力化するかな」

《賛成でしゅっ》

《ふっ、たわいない(´ω`)》

パックンやダンゴも何だかんだと楽しんでいるようだ。

それから三十分ほど経っただろうか。兵は全て無力化し、残りは神官だけとなったのだが。

「もう魔力切れだね」

《よく保った方でしゅ》

《根性を出せ！c(ò_ó)ɔ》

「いや、無理だって。いい時間だし、ここまでだね」

先ほどから訓練が終わるのを待っている人達もいる。訓練開始から一時間半。良い時間だ。

コウヤは終了の合図として花火を上げる。パンっと白い煙が上空で散る時に、風魔法でその白い煙を文字に変化させた。

『訓練終了！』

それを三方向へ向けて作った。これで解散だ。近付いて来たルディエは、壁にヘタリ込むように寄りかかって息をつく神官達を見て呟く。

「魔力に頼り過ぎる……基礎体力から付けないと……」

「ルー君、加減するんだよ？　急激にやると良くないからね」

「……うん」

彼らは無魂兵とは違う。ただの神官やシスターだった者だ。今までほとんど戦いとは無縁で生きてきた人達。教会によっては戒律が厳しく、知らずに体力が強化されている者もいるが、こうして走り回るのはあまりない経験だろう。

「運ぶ？　あ、お迎え？」

コウヤはそう尋ねると、すぐにこちらへ急速に近付いて来る気配に気付いた。現れたのは数名の白夜部隊の者達。訓練が終わったと知り、迎えに来てくれたらしい。新人達が動けなくなっていることも想定済みだったようだ。さすが、抜かりはない。

「訓練、お疲れ様です。回収はお任せください」

「頼んだ」

「ちゃんと休ませてあげてね」

「承知しました」

彼らは爽やかな笑顔で神官達を回収し、姿を消した。彼らが教会へ戻って行くのを確認してから、コウヤは建物の角からこちらへ視線を向ける二人に近付く。

「こんにちは、レンス様。それと、ようこそユースールへ」

「あ、ああ……半月振りだろうか……コウヤ」

戸惑いを隠せない表情で、ジルファスはコウヤを見つめる。

コウヤはかなり前から、ジルファスとレンスフィートが近くに来ていることに気付いていた。どうも自分に会いに来たようだと察したこともあり、コウヤは二人が接触しやすいように、この場所で訓練が終了するように計算していたのだ。

「動き回らせてしまいましたね」

なんせ、訓練中のコウヤは、上に下にと自在に動き回る。範囲は決めてあるのだが、それにしても広いフィールド設定だ。様子を見ようにも全てを見渡せる場所はない。

そのため、ジルファス達はあっちへこっちへと忙《せわ》しなく動き回ることになった。だが、優秀な護衛兼、案内役をつけられていたため、合間に近場の店や施設などの説明を受けており、特に疲れは見せていないようだ。レンスフィートもあまり見せない穏やかな笑顔を見せている。

「訓練中のコウヤが捕まらないことくらい分かっているさ」

それはジルファスにも話していたらしく、彼も頷いていた。

「それでも忙しかったでしょう？　よろしければ、ゆっくりお茶でもどうです？」

「そうだな。どこかに落ち着こう。『満服亭《まんぷくてい》』にしようか」

「はい。その方が有難いです。ちょっと食べておかないといけないので」

ギルドの隣。様々な施設の入ったギルド職員の寮の一階。そこにある『満腹一服亭《まんぷくいっぷくてい》』を、最近略して『満服亭』と呼ぶようになったのだ。

「今日の仕事は長いのか？」

「ええ。久しぶりの夜勤なんです」

コウヤは今年で十三歳になる。この世界での成人年齢は十八歳。成人までまだ五年もある子どもだ。以前は、子どもだからという配慮など皆無で、夜勤も普通にこなしていた。寧ろ、体力のあるコウヤは、ほとんど一日中ギルドで仕事をしていたのだ。夜勤など珍しいことではなかった。

だが、タリスやエルテは、コウヤを子どもとして扱うべきだと思っている。仕事を取り上げることはしたくはないが、もう少し負担を軽くして、就業時間を減らしてやりたいと考えていた。それがあり、基本的にコウヤを夜勤から外すことになった。

それでも、仕事が回らない時はある。元々、仕事量に対して職員の人数が圧倒的に足りないのだ。ただ、人件費をケチっているわけではない。

ここ、冒険者ギルドユースール支部の職員はとても能力が高い。曲者も多いが、仕事はできる。しばらくは、転属してきた三人がもう少し慣れるまで待つつもりだ。その上、現在コウヤの仕事のやり方をマニュアル化する動きがある。その辺りが落ち着くまでは、増員は見込めないだろう。

そんなこんなで、コウヤは久し振りに夜勤をすることになったのだ。

「時間は大丈夫か？」

「まだ三時間くらいありますよ」

「そうか。ならばゆっくり話せそうだ」

「はい」

ジルファスもホッとしている様子だった。そこに、コウヤの後ろからルディエが尋ねてくる。

「コウヤ兄さん。僕もいい？」

「うん。いいですよね？　レンス様」

「もちろん、君に知らないことはなさそうだしな」

「当然だよ」

ジルファスと話をするにしても、ルディエが知らない話ではない。寧ろ、ルディエの方が詳しく知っていそうだ。コウヤ達は『満腹一服亭』に向かった。

店に入ると、コウヤは店主に声をかける。

「店長さん。奥の部屋使えますか？」

「ええ。『フリージアの間』を使ってください。すぐに担当が挨拶に伺います」

「ありがとう」

コウヤが先導し、店の奥へと向かう。

「ここは？」

レンスフィートは、以前にもこの店を視察していたのだが、その時はまだ調整中で、店の奥まで入ったことはなかったのだろう。まずは冒険者達が食べる場所を優先して運営を始めたためだ。

「会食部屋です。大事な会合の時に使えればと思って。あと、レンス様やマスターが大事なお客様を連れて来た時とか」

「っ……相変わらず気が利《き》くものだな……」

中に入ると、シンプルな二間続きの部屋になっており、入ってすぐの部屋は従者達が控える場所になる。警備の面においても必要だと思ったのだ。ついでに彼らも食事が取れるだろう。

「反対側の通路の方にも同じ部屋があるんです。予約しておいていただければ、冒険者ギルドの方から入れるようにもなってます。あとで経路図をお渡ししますね」

「それは助かる」

専属の給仕係が付くことになっており、警備の面でも多少は安心してもらえるだろう。

コウヤは少し早めの夕食を取る。ルディエはコウヤが勧めたパンケーキを頼んだ。ジルファスとレンスフィートは紅茶を飲んでいたのだが、ルディエの食べているパンケーキが気になったらしい。

コウヤがどうしても食べたくて作った、生クリームたっぷり、フルーツいっぱいのパンケーキプレート。これを見た二人は我慢できずに自分達も注文する。その見た目の美しさと美味しさに、どこか緊張気味だった二人も感動に頬が緩んでいた。

「美味しいでしょう？」

コウヤがレンスフィートに話しかければ大きく頷く。

「食感もいい。こんなにふわっとしているのは初めてだ。フェルトに知られたら大変なことになる」

「では、今度作りに行きますよ。検診の時に、ナチさんとお茶されるんですよね。その時にでも」

「それは喜ぶだろうっ。もう少し食べるように言われていたからな」

「なら、食事の方のアドバイスもさせてもらいます。ナチさんも気にしていましたから」

妊娠《にんしん》している彼の義理の娘、フェルトアルスは、未だに食欲が出ないらしく、体重があまり増えていないのだ。ナチが専属として往診《おうしん》に行くのだが、食事の面だけが心配なのだとこぼしていた。

そこで、ようやくジルファスが口を開いた。

「コウヤは料理ができるのか？」

これに答えたのは、ルディエだった。

「兄さんは何でもできるよ。この店の料理のメニューもほとんど兄さんが考えたものだし」

「え……もしかして、これも？」

「こんな美味しいもの、他の誰が考えられるって言うのさ」

ルディエはかなりの甘党だ。このパンケーキも大好物なのだが、人が多いこの店には来たがらない。なので、いつもはコウヤが教会で作ったものを食べていた。自分は普段オリジナルを食べているのだという誇らしさがあるようだ。

コウヤは食事を終え、最後にデザートの小さなパフェを、そのままルディエへプレゼントする。ルディエは差し出されたそれを見て目を輝かせ、嬉しそうに長いスプーンで掬《すく》っていた。コウヤはそれを見つめながら答える。

「料理は好きなんです。作るのも食べてもらうのも」

「なるほど……うん。これはすごく美味い。他の料理も食べてみたいよ」

「この部屋はもういつでも使えますから、滞在中は遠慮なく使ってください。目的の薬屋が隣にありますしね」

「っ、そうか。ならば、使わせてもらうよ」

「はい」

それから、ジルファスは姿勢を正して、コウヤと真剣な表情で向き合った。

「コウヤ……私は君の……父親なんだ」

彼の絞り出すような言葉に、コウヤはどう返すべきかと考えていた。

その数秒の沈黙をジルファスは必死で耐えていた。それに気付き、コウヤは苦笑しながらなんてことない言葉を返すしかなかった。

「そうみたいですね」

「っ、知っていたのか……っ」

「色々と伝手《つて》がありまして」

実際は、出会った時に直感のようなもので分かってしまったのだが、それを説明するのは難しい。突っ込まれたらどうしようかなと思っていれば、ルディエが不機嫌そうにジュースの入ったコップを手に口を開いた。

「あんた達が調べれば分かる程度の情報なんて、すぐに集められるよ。はっきり言って、全然危機感ないし、そんなんでコウヤ兄さんの傍に寄って欲しくないんだけど」

「っ……それはどういう……」

コウヤは、ルディエに好きに喋《しゃべ》らせることにした。わざわざこうしてついて来た理由もここにあるのだろう。ルディエは決してジルファスの方を見ない。コップの中にある氷をカラカラとストローで回してそれを見つめていた。

「俗《ぞく》に言う第二王子派ってやつだけど、資金力があるから、あんたの陣営の方に食い込んでる。コウヤ兄さんと会った時にも一人交ざってたんでしょ。そんな感じで、結構な人数が交ざってるよ」

「っ、そんな……っ」

決定的な数の差はないが、あちらの方が巧妙《こうみょう》に食い込んで来ている。裏をかくのが上手いらしい。

「なんていうか……あんたの方ってお人好しが多い。偽善者って言われてもおかしくないくらい真っ直ぐなのがさ。まあ、あんたの陣営って脳筋な騎士とか多いから、仕方ない傾向だろうけど」

正しいことに真っ直ぐに向かっていく、馬鹿正直な者が多いのだ。弱い者を助け、悪を挫くという分かりやすい生き方をしているところがあった。

「これはあんたの性格だし、兄さんもそういうところあるけど、兄さんと決定的に違うのは、いざという時に非情になれないところ」

「っ……」

ジルファスは、切り捨てることができないのだ。コウヤの母であるファムリアのこともそうだ。王子としても、いつまでも引きずっていていいものではない。それでも諦められない。全部を手に入れようとする。ある意味、欲張りなのだ。全てが丸く収まるところをいつまでも探している。

「まあ、そこんところ自覚あるんでしょう？　だから、自分が王になることより、病床にある王をどうにかしようって躍起《やっき》になってる」

「……そ、そうだ。私はまだ王になるには足りないものが多い……この歳になってようやく自覚した……情けないことだ」

ジルファスは、幼い頃から第二王子派から命を守ることに必死だった。自分を守ってくれる人が犠牲になることが嫌で力を磨いた。

王が倒れてからは、それを治す薬を求めて奔走することばかり考えていて、自分が王になることをすっかり後方へ追いやってしまっていたのだ。気付いた時には、その時が近付いていた。

「自分が次期王であるという認識はあった。その座を第二王子に渡すわけにはいかないということも分かっていたんだ……だが、本当の意味で自覚していなかった」

王が快復したところで、自分が次期王となることに変わりはないはずなのに、それをずっと失念していた。肩を落とすジルファスをチラリと見てから、ルディエは吐き捨てるように言う。

「そういう反省は一人で好きなだけしなよ。ただ僕は、足場もしっかりしてない粗末《そまつ》なところに、兄さんを連れて行こうとしてるのが許せないだけ」

「っ、そ、そんなことはっ……」

「どうせ、息子なら無条件で味方になってくれるって思ったんでしょ。上手く取り込めれば、百人力どころじゃなく百万人力だ。兄さんの強さならどんな軍隊だってひと吹きだし、暗殺者が来たってお茶を出して改心させちゃうよ。そういうの当てにしてなかったたって言える？」

「っ……」

無意識だったかもしれない。追い詰められたところに希望があるならば、誰だって手を伸ばしてしまう。それと同じ。それが、最愛の女性との息子となればなおさらだ。傍に置いて、味方でいて欲しいと願うのは自然なこと。

「俺……は……っ」

ジルファスは思わず俺と言ってしまうほど動揺し、悩む。どこかでコウヤは都合良く自分の元に来てくれるものと考えていなかったかと。落ち込んでいくジルファスなど、ルディエはお構いなしだ。

「今回だって危なかったんだ。まったく、僕が手を回さなかったら、半分くらいあっちの人達を連れて来るところだったし」

ブツブツとルディエは不満を口にしながら、カラカラと氷を回し続ける。それを見てコウヤはクスクスと笑った。

「ルー君。そこまで手を回してくれたんだ？」

文句は言っているが、ルディエはコウヤの父親ということでジルファスを陰ながら助けていた。ジルファスの優しさは、確かにコウヤと似ているところもあったからだ。

「っ、と、当然だよっ。この町にあんな奴ら入れたくないしっ。兄さんのことが知れたら、絶対手を出してくるって分かり切ってるしねっ」

「そんな分からず屋な感じなの？」

「お金でしか物事を測れない奴らだもん」

そういう輩《やから》は理屈などどうでも良い。ある意味扱いやすいとも言える。

「その第二王子も？」

「アレはいいとこのボンボンって感じ。女ならあれでもいいけど。現実を知らないお姫様だね」

「ふ～ん。いくつだっけ」

「今年で十八」

十八でまだ夢を見ているような状態なのはいただけないが、どうにもならない年齢ではないとコウヤは判断する。

「そう……ならまだなんとかなるかな」

「……どうするの？」

コウヤの言葉に、ルディエが不満そうに顔を上げた。

「上の人達が崩れてきちゃったらレンス様も大変だし、そうなるとこの町も危ないでしょう？」

いずれ王は代わる。新しい世代に入れ代わるものだ。今は夢を見ている状態の第二王子も、いずれ表舞台に立たなくてはならない時が来る。

「それはそうだけど……兄さん手を貸す気なの？」

「そのつもりだけど？　父親だからとかそういうの関係なく。ルー君や、ばばさま達が生きてるこの場所を守りたいしね」

「っ……う、うん……」

ルディエは顔を赤くして俯く。そんな彼の頭を撫でたコウヤは、泣きそうな顔をしてこちらを見ていたジルファスへ目を向ける。

「俺としては、実の父親だからではなく、あの迷宮で知り合ったジルファスという方に力を貸したいのですが、それでも良いですか？」

「っ、い、いいのか？」

「構いませんよ。それに、最初からそのつもりで薬師のこともお話ししていました。あなたには良い王様になってもらわないと困りますし」

第二王子派の様子では、国のためになるとは思えない。ならば、悩みながらでも国のことを考えられるジルファスに王位を継いでもらわなくてはならないだろう。

「だが、俺のことを……ファムリアを迎えに行かなかった俺を怒っていないのか？」

ジルファスが一番確認したかったのはこれのようだ。それを聞いてコウヤは噴き出す。

「っ、ふふ。怒っていませんよ。母が怒っていませんからね」

「なっ、なぜそんなことが分かる？」

「分かりますよ」

ファムリアがジルファスに対して怒っていないことは、元神として知っていた。だが、これもそのまま説明するわけにはいかない。とはいえ、あるではないか。決定的な証拠が。

「だって、あなたは、何事もなく生きているでしょう？」

「……え？」

笑顔で告げるコウヤに、ジルファスは全く理解できないと目を瞬かせる。

「ふふ。もし母があなたに対して怒っていたなら、ばばさま達が黙っていません。だって、ばばさまは三人いるんです。その時は俺を一人にしなかったとしても、一人は確実に殴り込みに行ってます」

ベニ達の中で一番キレやすいのがセイだ。口より先に手が出るタイプなので、確実に一人で乗り込んでいたはずだ。

「こうして今この町にいても、あなたは五体満足で無事です。ばばさま達が本気なら、俺とこうして会うのも反対するでしょうね。それに、教会に寄って来てますよね？」

「あ、ああ……ベニ司教様とはお話をした……」

それならやっぱり大丈夫だと、コウヤは何度も頷く。

「なら、尚更確信できます。母は怒ってませんよ。あ、でもばばさま達個人としては怒っているかもしれないので、顔を合わせる時は気を付けてくださいね。一発でももらうと、顔の形変わりますから」

「き、気を付ける。それと真剣に謝ろうと思う……」

「そうしてください。でも俺は、母が怒ってないなら特に思うところはないので、気にしないでください。ただ、お願いが一つ」

「っ、なんだ？」

食い気味で来られたことにちょっと引きながら、コウヤが続ける。

「お妃様とお子さんを大切にしてください。母のことは思い出として過去のものとし、今を生きていただきたい」

真っ直ぐに見つめたその先で、ジルファスは驚きと共に、少しだけ傷付いたような色を見せた。

「あなたが母を大切に思ってくれているのは分かります。だからこそ悪者にしないで欲しい」

「っ……どういう……」

笑みを見せながらコウヤは語り続けた。

「お妃様に母のことを話していますよね」

ジルファスの性格ならそうだろうと簡単に想像がつく。いずれ迎えたい人がいるということを口にしているはずだ。

「……ああ。俺には本当に愛する者がいると……だが、あれはそれを理解してくれている」

「ええ。ですが、それが政略結婚であろうと、夫婦としては不義理であることに変わりありません。心のどこかできっと母に思うところはあるはずです」

「っ、そんなことは……」

「他人の心です。ないとは言い切れないでしょう?」

「っ……」

妃との仲は悪くない。彼女はとても聡《さと》く、王太子妃としての自覚がある方だという情報はルディエからも聞いていた。

「俺という存在も、もしかしたらいつか不安に思わせてしまうかもしれません。王宮とはそういうところではありませんか？」

「そう……だな……」

きっとジルファスは、コウヤのことを既に妃にも話しただろう。コウヤを味方に付けるのならば、彼女の了承は必要だ。

「だからこそです。俺は仕方ないにしても、母のことだけは安心させてあげてください。難しいとは思います。けれど、お願いできますか？」

これに、長い沈黙が流れた。ジルファスの中でも納得しなくてはならない部分があったのだろう。そして、ジルファスは頷いた。

「必ず」

その瞳に迷いはなかった。

特筆事項⑦　薬師の指導が始まりました。

翌日。コウヤは朝までの夜勤の仕事を終えると、ギルドの隣にある薬屋へ向かった。店に入って店番の神官に会釈《えしゃく》すると、どうぞと奥を示される。そこには既にジルファス達がいた。彼が王都から連れて来た薬師も揃っている。

「おはようございま～すっ」

「お、コウヤ。おはようさん。一人面倒なのがいるんだが？」

笑いながら挨拶をするゲンの目は全く笑っていなかった。

「も、申し訳ない……」

これに返事をしたのはジルファスだった。だが、それに手を振る。

「謝らなくて大丈夫ですよ。そちらの方は無害だとルー君が判断してますから。それに想定内です」

「え、いや、だが、彼は……」

「対抗勢力ではなく、ただの頑固者《がんこもの》……いや、井の中の蛙《かわず》ですからね。世界は広いんだぞ～とちゃんと教えれば問題ありません」

ジルファスがちらりと目を向ける男性。歳は恐らく七十近い。彼は宮廷薬師長だ。この歳になるまで長く長く伸び続けた鼻は、折られたことがないのだろう。

もはや下を向くことができなくなった偉そうな態度の男性だった。そんな人生の大先輩に向かって、コウヤは笑顔で毒を吐いたというわけだ。

「っ、お、お前っ、わ、私をバカにするのかっ。そうか！　お前だなっ⁉　あの『星の雫』を殿下に渡したのはっ。お前のような子どもがっ……」

「そういうのは時間の無駄なので、あなたはこれ以降、黙って見学ってことでご了承くださいね？」

「なっ、何をっ……っ」

コウヤが手をかざすと、一瞬でその男の体の中心に光が打ち込まれた。

彼が倒れたのを周りが知覚するより早く、その体を支えたのは、どこからともなく現れたルディエだった。コウヤはそれに少々苦笑を浮かべる。

「ルー君が言うからやったけど、本当に良かった？」

「うん。こんなのにコウヤ兄さんの手を煩《わずら》わせられないし……座って」

ルディエは彼に術をかける。すると、男が虚《うつ》ろな目をしたまま、表情なく近くの椅子に腰掛けた。

「……今、一体何を……」

問いかけるジルファスだけでなく、これはゲンにも話していなかったことだ。

「よく分からんが……これは術……だけではないな。薬か？」

ゲンにはコウヤが何をしたのか分かったようだ。

「ちょっと乱暴ですけど、無理やり薬を飲ませました。というか、体に浸透させました。重篤《じゅうとく》な患者にも薬の効能を与えられるように考えた方法です」

「そういや、そんなのを考えると言っていたな」

気絶しているなど、既に意識のない患者への治療の一環として、肌から吸収するタイプの薬を考えたのだが、それだと時間がかかる。今回はまさにそれをそのまま体に打ち込み、一気に体内に浸透させるよう操作した。

「はい。打ち込む感じといいますか。もう少し刺激を少なくできるように改良しますね。それで、その方に打ち込んだ薬ですけど……ちょっと悪用されると困るので、ここで名前を口にするのは控えます。ゲンさんには言ってもいいかなと思いますけど」

「ああ……いや。それが何か察しはついた。だからその坊主《ぼうず》が来たんだな」

「そういうことです」

この薬は、擬似的にコウヤが作った『無魂薬』だった。自分の意思でできることは、生きるのに必要となる生理的な行動のみ。意識はある。記憶にも残る。だが、夢を見ているようにしか感じられない。

その他の行動は、神子であるルディエにしか制御できなくなる。神子は光だ。意識の奥にまで届く光。だから、ルディエの声には従うことができる。

「……兄さん。疲れてるんじゃない？　指導は、この若作りな爺さんがするんでしょ？」

若作りな爺さんことゲンが頷く。

「おう。そうだ。煩いのがいないなら、問題なくやれる。コウヤ、ちょい奥で寝てけ」

しゃくった顎の指す先は仮眠室だった。

「え、大丈夫ですけど？」

「兄さん、そのテンションおかしいから。因みに、兄さんが三日もほとんど寝てないの、もう知ってるから。昼過ぎまで……いや、夕方まで寝てよ。こっちはこれで問題ないから」

珍しくルディエがよく喋る。それだけ心配させてしまったらしい。

「……三日……」

ジルファスが心配を通り越して、顔色を変えるほど弱った顔でコウヤを見ていた。

「なんで、そんな無理をっ」
「無理……してるんでしょうか？」
首を傾げるコウヤ。そこでゲンが大きくため息をついた。
「分かった。おいパックンよ」
《なになに？ (๑╹ω╹๑)》
コウヤの腰から降りたパックンが、ぴょんぴょんとゲンへ近寄る。ジルファスの連れて来た薬師達はそれを見て身を引き、ジルファスや護衛の騎士達も驚いて固まっていた。だが、それをゲンが気にするわけもなく話を続ける。
「お前さんの主人を仮眠室に連れて行ってくれ。ちゃんと寝かせてな」
《ん？　う〜ん》
どうしようかなと考えているらしい。だが、そこでコウヤの胸ポケットから飛び降りたダンゴが決定する。
《心拍に変化が出てきてるでしゅ。これは疲れてる証拠でしゅ！　パックン行くでしゅ！》
《それなら仕方ないね》
《主、おやすみ〜 (´▽`)ﾉ》
「え？」
あれ？　と思った時にはコウヤの意識が暗転していた。

コウヤは勧められた椅子に座り、用意されたお気に入りの紅茶を口にする。

じんわりと体に染み渡る温かさを感じながら、隣で片肘をついて優雅に小さな顔を手で支え、こちらを真っ直ぐに見つめるその人に話しかけた。

「最近ね。なんかずっと起きてても大丈夫な気がするようになったんだ」

「うんうん」

彼女はご機嫌で、何を言ってもうんうんと相槌《あいづち》を打ってくれる。

「確かに久し振りに夜勤もしたし、ちょっと気が昂《たかぶ》ってたとは思うんだけど、そんなに疲れてるって気はしなかったんだよね」

「そうだね」

時々よしよしと頭を撫でてくれるので、コウヤもだんだんと落ち着いてきた。

「だってやりたいことといっぱいあるんだ。一日五時間睡眠を取ったとして、残りは十九時間。二十時間もないんだよ？　それって全然足りないんだ」

「そうかもね」

それを思うと、お休みがほとんどなかった前マスターの時代が懐かしく思えてくる。あれはあれで充実した日々だったのだ。因みに五時間の睡眠は、教会の最低基準だ。コウヤはほぼ守っていない。

「お仕事は楽しいし、でもお仕事以外にもしたいことがあるんだよ。とりあえず、ギルド職員用にデリバリースクーターは二台用意したいでしょ？　それから自転車。これは増産もできるように商業ギルドに持って行くけどね」

「いいことだね」

音楽堂も作ったのだ。ピアノも作らなくてはならない。いつかフルオーケストラが実現するように、全ての必要な楽器も作りたい。それとバスケットゴールも用意して、会議室も完成させたい。

「うん。やっぱり寝てる時間なんてないよ。寝なくても大丈夫っぽいし」

そして最初に戻るのだ。

いっぱい喋ったら喉が渇いた。そう思ったと同時に、カップに紅茶が追加されていた。

「ふふ。コウヤちゃんが楽しそうで私も嬉しいわ。でも、今はこうやって眠るか、教会に来てくれないと私は会えない。だから、コウヤちゃんには適度に眠って欲しいな」

「……エリィ姉《ねえ》……」

彼女は愛と再生の神エリスリリア。ここは神界《しんかい》だ。眠ったことで、コウヤの精神だけ神界へやって来ていたのだ。信頼する姉のような存在の彼女に言われては、眠りたくないなんて言えない。それに、疲れていたというのは本当らしい。今確かに、彼女から癒されているのを感じていた。

少し反省していると、そこに創造と技巧の神ゼストラークがやって来た。

「どうやら少し神として覚醒してきているようだな」

「あ、ゼストパパ。こんばんは……？　あ、こんにち……おはようっ」

「……こちらで時間は関係ない。だが……そうだな。おはよう」

ゼストラークは厳しい顔つきの中に苦笑を浮かべる。そして、コウヤの斜め前に座った。

「コウヤが眠らなくても良いと感じるようになったのは、神力《しんりき》が戻って来ているからだ」

「神力……そっか」

「まだまだ少ないが、人に加護まで与えられるようになった。何より、神子達もいる。そして、唐突に増えた信徒達。それが影響しているのだろう」

神は眠る必要がない。ただ普遍《ふへん》に、膨大な永遠と呼べる時間を過ごす。そんな存在に少しずつ、けれど急激にコウヤは近付いていた。しかし、今はずっと起きていられるわけではない。本当にまだわずかなものなのだ。それこそ、三日で疲れが肉体的に出てきてしまうほど。何よりも、コウヤの体は人なのだから、気を付けなくてはならない。

「コウヤちゃんの魂や精神は神だから、その感覚のままでいると、体に負荷がかかっちゃうのよ。本当だったら今回もとっくに倒れてるわ。ただ、私の加護で耐えられちゃってたってわけ」

「なるほど～。ありがとうエリィ姉っ」

「あ、あら。うん。コウヤちゃんが元気で良かったわ～。けど、ムリはダメ」

「は～い」

エリスリリアとしては、自分の加護によってコウヤが無理をしてしまったことに少しばかり責任を感じていた。とはいえ、どうしてもコウヤには甘くなる。怒るというより注意で終わり。本来ならば怒る人が今はいないのも問題だ。

「あれ？　そういえば、リクト兄は？」

「あ～……ちょっと自問自答っていうのかしら。後悔……とまでは言わないけど……うん。もう少し待っててあげて」

死と戦いの神であるリクトルスは、コウヤの父ジルファスに加護を与えたことについて色々と考えていた。今後もジルファスがコウヤに近づくならば、必要だろうと思ったのだろう。

だが、現在はまだ王になれるかも微妙な状況。それがコウヤのためになるかどうかは分からないと知り、安易に加護を与え過ぎたかと悩み中だったのだ。

「よく分からないけど、元気ならいいや。そろそろ戻るね」

「もう行くの？」

「うん。昼過ぎから仕事あるし」

「……無理はするなよ」

「してるつもりないんだけど……分かってる。ちゃんと人と同じように休むようにするから」

「そうしなさい」

ちょっと人としてはおかしかったかもしれないと、今ようやく反省したのだ。

そこで、ちょっとだけ気になっていたことをゼストラークに話す。

「ねえ、ゼストパパ。俺はあまり干渉しない方がいいのかな？」

「それは、人に……いや、国にということか？」

「うん。この体の父親が次期王になる可能性は高い。ちょっと放っておけない感じの人だし、俺としては、円満に……良い関係を築きたいって思ってる」

このまま関係を持つことで、世界に干渉し過ぎることになってしまわないかと気になったのだ。

「コウヤが動くことで、彼が王になる可能性は極めて高くなった。だが、それは結果でしかない。何よりお前は、今はまだ人だ。大いに世界に干渉するが良いさ」

「やあねえ。コウヤちゃんは元々、そうやって人の世界に干渉するのが仕事だったじゃない」

「でも……それでまた同じことに……」

コウヤが邪神になったのは、人々に干渉し過ぎたせいだ。また繰り返してしまう。そうなれば、またゼストラーク達を悲しませるのではないか。それを気にしているのだ。

「そうだな。またお前を敵とする者もいるかもしれん。だが、人の世とはそういうものだ。それでいい。それに、ここは私達の管理する世界だ。何より、今度はあのようなことになる前に私も出よう」

「それ、ダメじゃない？」

「いいのよ。だって、私達は神様よ？　それに、どの世界でも名を残すくらい影響を与えるような人は敵が多いものよ。人として大いに干渉なさいっ」

それって神としてどうなのかと思わなくもないが、確かにここはゼストラーク達の管理する世界。ならばこの考え方もいいのかと思う。今のコウヤは神ではなく人なのだから。

「コウヤちゃん。ここは地球じゃないわ。だから、干渉しないのが当たり前じゃないのよ」

「あ、そっか」

そう。コウヤはどこかそちらの考えが入っていたようだ。

「神の加護がある世界なのよ？　あれでも充分干渉してるわ。もっと気楽に。寧ろコウヤちゃんが王様になっても問題なんてどこにもないわよ♪」

「……」

まずいかもしれない。

「そうだわっ。コウヤちゃんが王様になればいいじゃないっ。みんなに好かれて、敬《うやま》われて～。うんうん。いいわっ」

「やめてね？」

「えー。だって不可能じゃないでしょ？　あ、でもコウヤちゃんなら、一から国を作れるかもしれないわよねっ。それもいいわっ」

「……ゼストパパ。エリィ姉が暴走しないようにお願いね？」

「分かった……」

先ほど、神が干渉しても良い世界だと確認してしまったばかりだ。エリスリリアがバカな行動を起こさないように注意しなくてはならなくなった。

「玉座に座るコウヤちゃんっ……イイっ」

「……本当にお願いします」

「うむ……」

かなり不安だが、コウヤはここまでと、この場を後にしたのだった。

コウヤは薬屋の仮眠室のベッドの一つに寝かされていた。目を覚ました彼の傍には、ルディエがおり、ベッドの端に腰掛けてこちらを見ていたのだ。

「おはよう。ルー君」

「……おはよう……」

なんだか釈然としない顔をするルディエを不思議に思いながら、コウヤは体を起こす。

「なんか変だった⁉」

ルディエがコウヤの体に異常がないかを確認するように見つめるので、何となく事情を理解した。

「もしかして、息ちゃんとしてなかった？」

「……うん……ダンゴが大丈夫だって言ってたけど……」

「そっか。驚かせてごめんね。そういえば、外で寝た時に呼ばれたことなかったから、気にしてなかったな〜」

教会に入って呼ばれる分には、その場所自体が聖域の扱いになっているので、時間を止められる。コウヤが呼ばれて戻って来るまで、どれだけあちらにいてもほんの一、二秒立ち止まったという感じになる。しかし、夢で呼ばれた場合、体が仮死状態になってしまうのだ。そのため、神界での滞在時間もかなり制限される。

「……大丈夫だって聞いても、怖かった……っ」

「ルー君……」

ルディエは多くの死を見てきた。だからこそ、その状態のコウヤを見るのが怖かったのだろう。

コウヤがルディエの頭に手を置くと、少し震えているのが分かった。

「ごめんね。ほら、大丈夫でしょ？　ちゃんと生きてるよ」

「うん……っ」

ルディエが少し落ち着くまで待ち、コウヤはベッドを降りる。

「さて、ルー君もお腹空いたでしょ？　ゲンさん達に声かけて、一緒にお昼ご飯を食べに行こう」

「うん」

ようやく立ち直ったルディエと一緒に部屋を出る。それからゲン達がいる部屋を覗いた。

「失礼しま～す」

「ん？　コウヤっ。お前、もう起きたのか？」

ゲンが壁掛けの時計を振り返る。その間にパックンとダンゴが飛びついてきた。

《主～♪　寝れた？ ٩('ω')۶》

《元気でしゅ？》

「大丈夫だよ」

心配をかけたようなので、二匹の頭（？）を撫でておく。

「もう少し寝ても良かったんじゃないのか？」

ゲンはまだ心配していた。

「二時から戦闘講習の教官をすることになっているんです。これからお昼に行きますけど、ゲンさん達はどうします？」

「そんな時間だな……行くか」

「行きましょう」

そこへ、売店の方を見ていたらしいジルファスとその護衛騎士二人、それとナチがやって来る。

「あ、コウヤ様。おはようございます」

「おはようございます。ナチさん。お昼ご飯ですか？」

ナチは元奴隷のエルフだ。『邪神の巫女』として生まれた彼女は、布教のために里を飛び出し、奴隷となった。それから人の中で酷い扱いも受けていたらしい。たまたまレンスフィートが保護したが、その時には人への不信感も強くなっており、話し方もぶっきらぼうで、笑顔もなかった。コウヤやその加護を受けたゲンと出会い、ゲンの弟子となってこの薬屋を切り盛りするようになってからは、格段に雰囲気も柔らかくなり、今では頼りになる薬師の一人だ。

「はい。先にと思いまして。お客様方も一緒に」

昼の時間は売店が空くので、先にナチやゲン達が昼ご飯を食べに行くのだ。その間の店番は神官達だけで充分だった。

「じゃあ『満腹亭』に行きましょう。ちゃんと部屋は取ってありますから」

「え？」

ナチが、そういえば人数がいつもよりも多いんだったと思い出したようだ。

「今回はジルファス様もいますし、奥の部屋をゲンさん達も使えるようにしました。一緒に行きましょう。ギルドの方から入れるので、変に注目されることもありません。後半の休憩の方はいつも通りですけど」

そうして、昨日ジルファスとレンスフィートを連れて行った奥の会食部屋へ移動した。

店番の神官達には、何かあったら『満服亭』の店主に知らせるように言い置いている。

「薬師の方々も少しは緊張が解けたようですね」

席について、料理が来るのを待つ間にコウヤがそう声をかけた。因みに、隣には当然のようにルディエがいる。

「腕も悪くないしな。変に意固地《いこじ》にもなってねえ。こっちもやりやすいぞ」

このゲンの言葉にジルファスがホッとしたような様子を見せた。

「それなら良かったです。彼らはその……師匠と縁を切ってまで来てくれたので」

「あ、やっぱり反対されましたか」

王都にいるような薬師達は師弟制《していせい》。薬師となった師匠に弟子入りして、そこで腕を磨いていく。ほとんどの者は独立することも許されず、師匠の持つレシピを守っていくのだ。いわゆる門外不出のものも多いと聞く。ただ、調薬の仕方が違ったり、多少の工夫の違いが見られるだけで、出来る物はほとんど変わらない。

薬学の知識が低迷し続ける要因がこれだ。広く門戸《もんこ》を開くでもなく、発見した知識は外に出ることがない。かなり閉鎖的になってしまっているのだ。その上に、弟子を取るような成功した者達が、残っていた資料を独占してしまい、ゲンのように地方で薬師として努力する者達はほとんど一から考え出すしかなかった。

もちろん、現在のようにきっちりと線引きをする前は、それなりに知識共有もあった。その昔から残されていたものをかき集め、長い時間をかけてゲンは薬師になったのだ。

今回ジルファスが連れて来た者達は、閉鎖的な今の薬師達の考えに不満を抱いているらしい。そのため、師匠とも縁を切り、ゲンに教えを受けることを即決したのだ。やって来た薬師は四人。年齢はバラバラだ。一番年長らしい四十代の男が答える。

「はい。因みに私の師は、そこのテルザ・ワイズ宮廷薬師長です」

「そうでしたか。それでそうなっても傍についておられるのですね」

「ええ……なので変な感じです……」

複雑な心境のようだ。

テルザ・ワイズ宮廷薬師長は現在、コウヤ改良の無魂薬によって静かに口を閉ざしている。ただ、話は聞こえるし目も見えているので、反応がないだけの大人しいおじいさんになっていた。

「その人、口を開けば文句か自慢話。贔屓《ひいき》にしてる貴族の出の弟子以外には半分も知識を渡してないクズだよ。ボクならそんな師匠、二日目には殺してる」

「っ……そ、そこまでは……」

ルディエの意見に弟子であった男だけでなく、普段のテルザ・ワイズを知っているらしいジルファス達や他の薬師も目を逸らした。どうやら周囲からもあまり印象の良い人ではないようだ。

料理が来た。一旦会話が止まり、食事を始める。そこで、コウヤが不意に疑問に思ったことをルディエに振った。

「それでも二日は我慢するんだ？」

コウヤの予想の斜め上を行く会話の再開に、ジルファス達が驚いてこちらを向くが、ルディエは至って普通に答える。

「一日目に実態を把握して、クズだと判断したら、二日目にそいつが持ってる資料の保管場所を探し出して、夜には眠ったまま逝《い》ってもらう」

「全部持ち出すんだね」

ルディエなら可能だろう。

「うん。そんで全部ものにしたら対抗勢力に資料を売り付ける」

処分するのは簡単だがどうせなら、という考えだ。これもルディエならば上手くやれる。

「そのお金で、地方で開業できるね」

「それも他国がベスト」

「名が売れて徴用《ちょうよう》かな？」

そうしたら宮廷薬師だろうか。エリート街道に乗れる。だが、ルディエは難しそうな表情をした。

「余程バカがいなければ行ってもいいけど、地方で大人しく隠居《いんきょ》生活が理想」

「うん。ゲンさんにみたいにね。それがいいかも」

「……」

コウヤもきっとそうするという同意を込めて頷いた。

ゲンやナチは、なるほどルディエらしいと同じように頷く。一方、ジルファス達はそっとテルザ・ワイズを見つめた後、静かに食事を再開していた。

特筆事項⑧　町や領城を案内しました。

コウヤは食事も終え、ゲン達と他愛のない話をしてお腹が落ち着くのを待っていた。そろそろゲン達の休憩時間も終わる。

「さてと、パックン、ダンゴ。俺はこれから仕事があるから、ゲンさんの所でサポートよろしくね」

《任せて(´∀`)》

パックンは色々な薬の材料を持っている。コウヤはパックンを好きに使って良いとゲンに伝えているので、午後も薬屋にいてもらうことにした。少しでも消費した方がまた集めに行けるので、パックンとしても嬉しいのだ。

《終わるのいつでしゅか?》

ダンゴの確認にコウヤが少し考え込む。

「仕事自体は二時間なんだけど、迎えに行けるのは六時くらいかな。マスターと屋台に行くんだ」

《行くでしゅっ!》

《あ、ズルイっ(゜Д゜)》

今日からドラム組が、教会の増築と孤児院の建築に入っている。工期は五日。相変わらずあり得ない早さだ。これに付随して、屋台部隊が教会付近に展開中。実はギルドはとっても忙しい。

「なら、ゲンさん達のお夕食を買いがてら、一緒に行こうか」

「おっ、いいのか？」

「はい。明日もパックンをお使いに出していいですからね」

「そりゃあ助かる」

この町ではパックンは既に認知されている。商店街で単独でのお買い物も普通にしていたりするのだ。パックンならば、中に入れたものを冷ますこともない。大量でも問題なかった。

「ここも美味しいですけど、やっぱり屋台は屋台で違いますからね」

「確かにっ。そんじゃあ、頼むわ」

《お使いする～♪(´θ`)》

そうして、夕食は屋台のものと決まった。

「講習が終わったら、マスターと呼びに来るね。それまで二人ともよろしく」

《は～い》

《はいでしゅっ》

そこでルディエに声をかけた。

「ルー君はどうする？」

「一緒に行きたい……けど、今日はこの人のことがあるから……明日とか一緒に……っ」

とりあえず一日、近くでテルザ・ワイズの様子を見て薬の効果を検証するのだ。これで問題なければ、明日からは放置しても構わないだろう。なので、せめてこの一日は遠く離れずにいる必要があった。ルディエはとても不満そうだ。

「そうだね。今日一日で放置しても問題ないかの確認は確実にして。そうしたら明日からは自由にできるもんね」

「うん……」

「じゃあ、今日は頑張って」

「我慢する」

この後の行動が決定したところで、ジルファスが声をかけてきた。

「すまないコウヤ。その……彼らには悪いが、私はこの後、ついて行ってもいいだろうか。コウヤが仕事をするところを見てみたいんだが……」

ここにいる中で、ジルファスがコウヤの父親であると知っているのはルディエとパックン、ダンゴだけ。だから、彼の本心が分かるのもコウヤを入れた四人だけだった。

「そうですね。依頼主が良いと言われましたら構いません。ダメなら今日はご遠慮ください」

「分かった」

潔《いさぎよ》い。だが、ジルファスが来るということは、護衛の騎士二人もついて来ることになる。一応今回はお忍びなので、騎士然とした服装ではないが、まさにお忍びで来ている貴族の一行に見えてしまうのは仕方がないだろう。護衛騎士の位置取りだけでそう見えるものだ。

そうしてジルファスを含む三人をお供にギルドへ向かったコウヤは、約束の時間よりもかなり早く第一訓練場へやって来た。ジルファス達は訓練場を囲む観戦席に座って待っている。

「あ、遅くなりました、オルスです。今日は戦闘講習よろしくお願いします！」

「はい。よろしくお願いします。始める前に、あちらにいる方々が講習を見学させて欲しいとのことでして、よろしいでしょうか」

「コウヤさんの知り合いでしょうか」

「そうです」

「なら構いません！」

「ふふ。ありがとうございます」

了解が得られたことをジルファスに伝えると、あからさまにホッとしていた。

「では、これより中級戦闘講習を始めます」

「はい！　お願いします！」

元気良く頭を下げられてコウヤは苦笑する。

「あまり過度な期待は困りますよ？」

「コウヤさんでも困るんですね。大丈夫です。普通に期待してますっ」

過度ではないと言いたいらしい。

「仕方ないですね。では、まずお聞きします。これまでの戦闘講習で武器を使ってみて、一番しっくりくるなと思ったのは何ですか？　あ、これは適性とかではなく、あくまでも個人の感想をお聞きしています」

彼が自分に適していると判断したかどうかではなく、単に扱いやすい武器はどれだったかの確認だ。

「そうですね……今まで使っていたのは短剣なんです。一番使いやすいと思ってます」

「なるほど。では、まずはその短剣の扱い方を見せてください」

「はい！」

こうして戦闘講習が始まった。

短剣の扱い方をコウヤがレクチャーしていく。この訓練場は貸し切りだ。因みに、ギルドにはこの第一訓練場の他にあと二つ訓練場があるので問題はない。ただ、他の訓練場よりもここは縦に長い仕様になっている。オルスはさすがに講習を受けていたこともあり、少しだけ体の軸を調整してやるだけでかなり様になった。

「いいですね。では次に行きましょう」

「はいっ」

体もいい具合に温まったらしい。

「前回までの講習の報告などを確認しました。確かに短剣の扱いは良いと思います。ですが、これだけだと近距離戦闘のみになってしまいますよね？　他にどうすべきと思いますか？」

「そうですね……魔術の適性は低かったので……でも中距離や長距離の攻撃手段も持っていないといけないですよね……」

彼が、短剣を扱いやすくなったのは、解体屋の指導のお陰だ。力の入れ方も、使う時の腰の入れ方なども分かっているようだった。だが、生きた魔獣や魔物を相手にするのにはまだまだ経験が足りない。このますぐに実戦に入っては危険だ。特にこの辺りの敵は強いので致命的になる。

「それに、まだあなたは実戦慣れしていません。訓練以外で魔獣と戦ったことは？」

「っ、いえ……やっぱり怖くて……」

「ですよね。しかも短剣だと、普通の剣で戦う人よりも獲物に近付かなくてはなりません」

「あ……っ」

短剣は力が入りやすいので、致命傷を与えることもできるだろう。だが、それには本当にあと一歩という所まで近付かなくてはならないのだ。それが彼にできるかといえば難しい。

「小さな力の弱い獲物は警戒心が強く、近付くことはできません。反対に大きな獲物は、近付いたら最後です。なので、短剣は相手が弱ってきた時の、最後の手段として使うものなのです」

冒険者で短剣を使う者は少ない。身体能力に優れたルディエのような者や、第二の手段として使う者はいるが、やはり少数派だ。

「じゃあ、短剣は……」

「短剣は二つ目以降の手としておいてください。使えるのは良いことですよ？」

「そ、そうですか」

オルスはホッとしたようだ。

「では、主に使う武器ですが……長剣や両手剣はお好きではないようですね」

「あ、はい。なんだかしっくりこないというのか。ちょっと自分でも背伸びをしているみたいで」

「なるほど。では、弓はどうですか？」

「弓ですか……」

冒険者の中では、弓はそれほど重要視されていない。猟師《りょうし》が使うイメージが強く、戦いを想定する冒険者には不向きという印象があるからだ。オルスも弓は冒険者らしくないと思ったのだろう。

とはいえ、冒険者の中に弓使いが全くいないわけではない。

「今までの報告書を見ると、投擲《とうてき》も上手いみたいですし、あ、先に視力検査しましょうか」

「視力検査……？」

こちらの世界では視力検査などしない。だが、当たり前のようにコウヤには用意があった。

「すぐに用意しますねっ」

「あ、はい……」

「では！」

コウヤが地面に手を突くと、五メートル離れた場所に、視力検査の視標の石板が一瞬で現れる。きちんとランドルト環《かん》が並んでいた。

「これ持ってくださいね。まずはこうして右目の方を隠してもらって……あ、あまり押し当てなくていいですよ。左目だけで見る感じに。この線から出ないでくださいね」

遮眼子《しゃがんし》もどこからともなく取り出して使い方を説明してから、コウヤは石板まで走る。

「ではここにCの形があります。上下、左右、斜めもあります。どこが空いているか教えてくださ い。始めま～す」

「は、はいっ」

オルスは、突然始まった視力検査に戸惑いながら答えていく。

これはただの視力検査ではない。弓を扱うためのスキルが生えやすいかどうかの素質を見るために行っている。もちろん、それがこれで分かるのはコウヤくらいだろう。そして検査が終わると、コウヤは石板を土に戻し、新たに幾つもの的を用意した。弓道で使われるような丸い的だ。

コウヤは戻って来て、訓練場の端に置いてある武器倉庫から弓矢を持ってくる。

「下級戦闘講習でもやってますよね。とってもお上手だったと報告書にも上がっていました」

「そ、そうでしょうか。確かに、猟師の家系かとか聞かれましたが」

初めて弓に触れたらしいのだが、上手く扱えていたそうだ。

「実戦訓練の中でも命中率が高かったとか」

「じっくりと遠くから狙えるのが良かったみたいで……」

気配を気付かれない距離から集中して狙えるのが、彼には合っているようなのだ。解体屋での仕事のお陰で、どこが急所なのかを理解していたのも良かった。

「でも、力がないのでそれほど矢が飛ばなかったんです」

「そこは今後の訓練次第でしょう。これはどの武器でも同じですから、あまり気にしなくていいです」

「あの、弓使いは矢が消耗品《しょうもうひん》だから、割に合わないって聞いたんですけど」

「そうですねえ。あ、それで弓はないって思ってましたか？」

「……はい……」

　これまでの報告や視力検査での様子を見ると、明らかに彼は弓使い向きだ。本人としても、剣よりも扱いやすいと感じていたはず。それなのにこれを選ばなかった理由。それが、先輩冒険者達からのアドバイスだ。

「確かに、ソロで弓使いという方はいませんね。最初はそうでも、そのうち剣に持ち替えています。パーティに入って、必要経費ではありませんけど、消耗品として矢や弦《つる》の費用を用意してもらうのが一般的です。ですが、やはり損にはなりますから、弓使いはここぞという時にしか射れませんね。あとは目の良さを生かして索敵という役割になるでしょう」

「……」

　冒険者は日銭を稼ぐ必要がある。だから、なるべくならば損はしたくない。武器への初期投資はしても、毎日マイナスになるのは割に合わないと考えてしまうのだ。

「弓使いはすぐに結果を求めてはいけません。日々腕を上げ、技術や精度を上げていく必要があります。ですが、俺の考えでは三年……いえ、一年以内には確実にあなたは強くなります」

「え……」

　冒険者の考え方に弓使いは合わない。だが、素質がある者が極めれば、間違いなく一流と呼ばれる域まで一気に行けるものだとコウヤは思うのだ。

「今はまだ、あなたはランクも低い。その間だからこそ、受けられる依頼があります。それを上手く使えば、あなたは弓で上を目指せる」

「そんな上手くいきますか？」

「ええ。そうですね……実際に見せましょう」

「……見せる？」

コウヤは弓と一本の矢を持って、訓練場の真ん中辺りまで来る。そうすると、的からは五十メートルくらい離れることになる。

「いきますよ」

宣言して一拍後には、コウヤの放った矢が的のど真ん中に突き刺さっていた。

「……こんな遠いのにっ」

更にコウヤは離れる。的から百メートル。だが、コウヤの手には矢がない。

「矢は確かに消耗品です。ですが、投資する意味はあります。弓術スキルはやがて上級のスキルへと変化します。それが『魔弓術《まきゅうじゅつ》』です」

そう説明したコウヤが弓を引けば、そこに銀に光る矢が現れた。

「「「っ⁉」」」

オルスだけでなく、観戦席で静かに見守っていたジルファス達も驚愕して、思わず立ち上がっていた。そして、放たれた銀の矢は、的の中央を射抜き、その的を爆散させた。

驚いて声も出ない一同を気することなく、コウヤはもう一度番《つが》える。そして、次に現れたのは三本の矢。放たれた直後、過《あやま》たずに三つの的を正確に破壊していた。

「……」

言葉もなく呆然と立ち尽くすオルスへ、コウヤは先ほどのキリリとした雰囲気を一気に崩して声をかけた。

「どうですか？　弓使いってスゴイでしょ？」

「……はい。スゴイデス……」

「ん？」

なんだか引かれているように感じたのは気のせいだろうか、と首を傾げるコウヤだった。

◆　◆　◆

コウヤの力の一端を目撃したジルファスや護衛騎士の二人は口を開けたまま呆然としていた。

「あらあら。コウヤちゃんってばスゴイことできるんだねえ」

そこにのほのほと笑いながらやって来たのはタリスだった。

「え、あ……あの……？」

突然現れた謎の老人に、ジルファスは体を強張らせる。コウヤのことだ。ここに来る人は無害だと分かっているはず。そこはもう信用していた。

「ああ、ごめんね。お邪魔しちゃって。僕はここのギルドのマスターをしてるタリス・ヴィット。王子様が来てるって聞いて一応挨拶にね～」

「はっ、ギルドマスターでしたか。ジルファス・アクレート・トルヴァランです。こちらこそお邪魔しております」

きちんと頭を下げるジルファスに、タリスは嬉しそうにはにかんだ。

「いいのいいの。コウヤちゃんが許可したなら、なんにも問題ないからね」

「は、はい」

ジルファスもタリスの名前を聞いて、彼が少し前まで全冒険者ギルドの統括をしていた人物だということに気付いた。少し緊張した表情になってしまったのはそのせいだ。

元Sランクの冒険者。それは冒険者にとっての憧れ。ジルファスも一応は冒険者の資格を持っている。もっと若い頃に登録していたのだ。そのため、伝説の存在に会えて少し興奮していた。

「それにしてもコウヤちゃんはスゴイねえ。うちで一番、戦闘講習の指名を受けるだけのことはあるよ。単に人気なだけじゃなくて、実力も折り紙つきだからね」

戦闘講習を実施している支部は、今はほとんどない。やっている所も職員達の点数稼ぎに使っているだけで、中身を伴わない場合が多かった。職員が戦闘講習で指名された場合、特別報酬が出る。それ目当てで新人を勧誘しているという、ある意味で不正を行う者がいるのだ。

タリスがここへ赴任する前、戦闘講習の実施件数を見て、そこは正さなければと思っていた。しかし、蓋を開けてみれば結果の伴うしっかりとした講習だったのだ。ユースール支部で戦闘講習を受けた冒険者のほとんどがAランク、またはそれに届くところまで来ている。

「いやあ、でも実際に見るとやっぱり違うねえ」

タリスは今日、コウヤが戦闘講習を担当すると知って、急いで仕事を片付けた。それはもう、エルテが何度も夢じゃないかと現実を疑うほど頑張った。この後にコウヤと屋台巡りをするという約束のためでもある。やる気は充分だった。

「マスターも初めて見るのですか？」

「うん。コウヤちゃんが戦えるのは知ってるけどねえ。あの子、ほとんどの武器使えるんじゃないかなあって思うよ。弓術まで極めてるとは、さすがに思わなかったけど」

長く冒険者を見てきたタリスでさえ、これほど見事な弓術を見たことがなかった。『魔弓術』など、現代では伝説の技だ。

「もしかして、コウヤちゃん、リクトルス神の最高スキル『武闘士《ぶとうし》』持ってるのかな？」

「それは……どういったものですか？」

「確か文献には、あらゆる武術に精通することができるスキルってあったかな。付随して『武器絶対相性』ってのもあったっけ」

「……すごいスキルみたいですね……」

「まあ、持ってるかどうかは、まだ確認してないけどね～」

そうして話している間にも訓練は進んでいた。

「ふ～ん。あの子、筋が良さそうだねえ。コウヤちゃんが弓を勧めるのも分かるよ」

「いきなり的にしっかりと当たっていますね……新兵より遥かに腕が良いです」

「あの子の才能なんだろうね。報告によると、コウヤちゃんはそういうのを見つけるのが上手いみたいだから」

タリスは観戦席の前の背の低い壁に、ヒョイっと小さめの体を乗せる。そんなタリスの背中へジルファスが問いかけた。

「鑑定スキル……ですか？」

「う～ん。僕も鑑定持ってるけど、さっきはまだ彼、スキルにまでなってなかったんだよね～」

「……まだということは、今は……」

「うん。弓術スキル取れてるね」

スキルは、少し手を出した程度で簡単に取れるものではない。それを手に入れる努力をし、『身につく』まで続けるか、または最初からその才能を宿していた者にしか現れないのだ。

「っ、スキルが取れるものを、コウヤが正確に教えたということですか……っ」

「そうだねえ。中々そこを見極められる人っていないんだけどねえ。色んな武器を満遍《まんべん》なく使えるコウヤちゃんだからこそ感じ取れる何かがあるのかも？」

「……」

ジルファスだけでなく、騎士二人もまたも呆然としてしまっていた。彼らの中では葛藤《かっとう》が生まれている。コウヤのこれが才能ならば、兵士や騎士の育成が格段に進む。だが、コウヤとはそんな目的で付き合いたくはない。

「……っ」

「……ふ～ん……」

そんな彼らを少しだけ振り返ってチラ見したタリス。ジルファスが王子だということを知っている彼には、その考えが透けて見えていたのだ。ここは釘を刺しておこうと一つ頷く。

「うちのコウヤちゃん引き抜くのやめてね？」

「っ、あ、はいっ！　で、できませんっ」

「あははっ。冗談だよ。コウヤちゃんが行きたいって言えば仕方ないしねえ」

とは言ってみたものの、タリスとしては孫のように可愛がっているコウヤを手放す気はさらさらない。才能がどうのというよりも可愛がりたいのだ。タリスには家族がいない。だからこそコウヤを家族のように思っていた。

「会えなくなるのは寂しいんだよね～。この歳になって寂しいっていうのは辛いんだよね～。寂しくて死んじゃうよね～」

訓練場の方を向いて呟かれたその冗談のような言葉は、ジルファス達には聞こえていなかった。

四人はしばらく無言でコウヤの講習を見つめていた。開始から二時間。どうやら、講習が終わったらしい。コウヤだけでなく、タリス達の方にも深く頭を下げてオルスが訓練場を出て行った。礼儀正しい青年だ。それを見送ったコウヤは、タリス達の方へやって来た。

「マスター、お疲れ様です」

「コウヤちゃんの方こそお疲れ～。僕もお仕事終わったからこのまますぐに出かけられるけど、どうする？」

「そうですねえ……ちょっと受付だけ見てきていいですか？」

「うん。いいけど、手伝うの？」

コウヤは今勤務時間ではない。戦闘講習は特別枠だ。今日は仕事をする必要はない。それでも仕事好きなコウヤのことだ。手伝えるならば時間外であろうと構わない。

「屋台が出てますからね。今の時間が一番忙しいでしょうし」

「まあね。じゃあ……王子様にここを案内しとこうかな？　まだギルドは見てないでしょう？」

「え、ええ。よろしいのですか？」

「うん。ここにはすっごい施設が入ってるよ～」

「そ、そうなのですか？　この町が充分すごいのは、昨日見て回って分かっているのですが……」

これ以上なにがあるのかと、ジルファスは首を傾げる。

「あ～。町はねえ、綺麗だったでしょう？　コウヤちゃんも頑張ったんだって。聞いた？」

「い、いえ……」

「そうなの？　じゃあ、コウヤちゃんのお陰でドラム組が出来たってのも知らない？」

「なんですか……それ……」

実際のところを知っている者はこの町でも少ない。

「マスター……」

「ふふっ。いいじゃない。コウヤちゃんの功績だよ」

孫を自慢するようなタリスの笑みに、コウヤは苦笑する。

「そんなことないですよ。でも、施設の案内はお願いします。レンス様もここは入り難いらしくて」

「あはは。まあ、まだ町のみんなに披露してないもんねえ。うん。じゃあ、案内が終わったら表に行くから」

「はい。それまで手伝ってきます！　それではジルファス様。少しの間、失礼しますね」

「あ、ああ……仕事頑張ってくれ」

「はい！」

そうしてコウヤは受付に向かった。

「じゃあ、行こうか。『満腹一服亭』には行ったかな？」

「え、あ、はい。昨日、今日とお昼はそこで取りました」

「そう。なら、その上と下を見せてあげるよ」

「はい……？」

確かに建物には上の階があったなと思い出すジルファス。だが、この後その中の充実した施設に驚くことになるとは、予想できるわけがなかった。

◆　◆　◆

受付業務の手伝いを終わらせ、コウヤがタリス達と合流したのは、夜の六時近かった。

「どうされました？　なんだか疲れていらっしゃるようですけど」

タリスに連れられて、ギルドの前で落ち合ったジルファスと騎士二人は、明らかに疲れた顔をしていた。

「あははっ。驚き疲れちゃったみたい」

「疲れるほど驚くことって何かありましたっけ？」

こういう時、本気で思い当たらないのがコウヤだ。

「いやいや、僕もびっくりしたからね？　報告では聞いてたけど、階段が動くとかさすがに怖かったんだけど」

「あ、エスカレーターですねっ。なんかやっぱりあれがないと物足りなくて。エレベーター作るの忘れちゃったんで」

「それってあれだね。マンタにあったやつだね」

エレベーターについては、闇飛行船マンタに乗ったタリスは知っていたのだ。

するとジルファスが、少し怒ったようにコウヤとタリスへ詰め寄って来る。

「確かにあの動く階段は驚きましたけれど、それよりも施設ですっ。あんな立派な椅子が沢山並んだ音楽堂ってなんですかっ。謁見の間よりも遥かに広い大講堂に、魔導具の実装された大中小の会議室……高級宿よりも快適そうな大浴場完備の寮、他にも色々っ。この場所だけで城よりも施設が充実しているんですが……っ」

じっくりと案内して回っているなと思ったら、寮の部屋まで見せていたらしい。ついでに作った男女別の大浴場にも案内したようだ。

「それは当たり前だよ。お城は実務と防御重視だけど、ここは地域密着型。住民の快適生活重視だからねっ。そうでしょう？　コウヤちゃん」

「なんで分かったんですか？　その通りです！」

「でしょ～っ♪」

コウヤの意図するところを、タリスはちゃんと察してくれていたようだ。これは嬉しいことだった。そんな話をしている間に、薬屋でパックンとダンゴを回収して五人は教会へ向かった。

「……この町は街灯までしっかりとしているのだな……」

ジルファスは歩いている大通りだけでなく、路地にまで目を向けて感心していた。

ユースールでは、路地にも灯がある。地面に『灯光石《とうこうせき》』という光る石が埋め込まれているのだ。

それは淡い光で、光に当てると発光する石のようだ。実際この石は、明るいうちは空気中にある魔力の元となる魔素を集めて、暗くなると発光する。まるで行灯《あんどん》のように路地を優しく照らす様は、昼間の町とは全く違った姿を見せてくれていた。

「明るくていいですよね。夜道は気を付けて歩かないといけませんから」

「ま、まあね……酔っ払いに絡まれたりも……」

《びっくりしてパックンしちゃうかもしれないしね》

《うっかり踏まれたら埋めちゃうでしゅ》

「俺もぶつかったりしたら、びっくりして飛ばしちゃうかな」

「……」

気を付ける必要のある理由が、ジルファスの想定と違ったらしい。

「コウヤちゃん、夜目利《よめき》くでしょうに」

「そうですけど、やっぱりびっくりするんで。町中でずっとスキルを発動させとくのも疲れますし」

「それは確かに」

パックンやダンゴも気配察知が問題なくできるのだが、安全が確保されている町中では本来不要だ。なので、不意に来られると反射的にやってしまいそうだった。それはコウヤも然《しか》り。

「でも、本当にこの町はいいよね。これもコウヤちゃんのアイデアでしょう？」

「はい。犯罪の抑止になればと思って。やっぱり、冒険者もせめて町の中では気を抜いて生活してもらいたいですし。でもルー君くらいの実力者になれば、これくらいの灯りは問題ないみたいですけど」

「あの子らは特別でしょう。間違いなく一流だしね。どのみち対策なんてできないよ」

明るいとはいっても、完全に影がなくなるわけではない。その影を上手く使って動けるのが一流というものだ。そんな一流の使い手に警戒するならば、そもそも町中には出ない方が良い。

「そうですね。あ、屋台が見えてきました」

淡い灯に照らされるそこは、夜店の並ぶ祭りだ。屋台が撤収する八時までにはまだ時間があるので、人々は夕食目的で沢山集まっている。神社ではなく教会というのが、日本で暮らしたコウヤには違和感があったが、それはそれで異世界感があって良いかと思っていた。

「さあ、張り切って買い食いしましょう！」

《解散？　解散？　行っても良い？(≧▽≦)》
「いいけど、気を付けてよ？　七時半の鐘でここに集合ね？」
屋台部隊では三十分ごとに鐘を鳴らして時間を教えてくれる。『時間屋』という迷子の預かり場所にもなっている屋台本部が特設されており、正確な時間はそこにある大きな時計でも確認できた。待ち合わせ場所にも使われる。因みに、コウヤが指定した集合場所からも、その時計屋が見えた。
《一緒に行くから大丈夫でしゅ！》
《買い出し！　行っくよー！ψ(▽)ψ》
「本当に気を付けてね？　ゲンさん達のお夕飯、任せるからね？」
《あい。でしゅ！》
もうパックンは屋台に突撃していた。
「あんな人混みに……大丈夫なのか？」
ジルファスが心配するのも分かる。色は白と特殊だが、パックンは歴《れっき》としたミミック。つまり魔物だ。そして、ダンゴは大人の掌《てのひら》に乗るサイズのハリネズミのような姿の精霊。
どちらもいきなり現れたらパニックを起こすだろう。それも人が沢山いる場所に単独で入っていくのだ。従魔の証であるリボンがついていても、従えているはずの人が近くにいなければ不安なはずだ。しかし、パックンとダンゴは既に町の人気者。避けるどころか人を引き寄せる。
「あー！　パックンだぁ！」
「ダンゴちゃ～ん。こっちのりんご飴《あめ》どう？」

「モロコシあるぞ！　食ってけよ」

「一緒に回ろうよぉ」

「あっちでおしゃべりしない？」

大人気過ぎた。

因みに、パックンは普段のサイズよりも大きくなっており、目立つ仕様だ。その上にダンゴがくっ付いていていた。

「さてと、俺達も何か買ってあそこで食べましょう」

「屋台か……こんなにあるなんてすごいな」

「ジルファス様、何が食べたいですか？」

そうコウヤに問われて、ジルファスはようやくここで笑顔を見せた。色々と驚き過ぎて困惑顔しかできなくなっていたのだ。やっと肩の力が抜けたらしい。

「そうだな。あの焼きソバとかいうやつがいい匂いがする」

「ええ。美味しそうですね。買ってきます」

「あ、いや、一緒に行こう」

「ふふ。はい」

「なら、僕はここで場所取りしてるね。なんか色々買ってきて～」

「分かりましたっ」

歩き食べしている者達や、家に持ち帰る人が多いので、席は案外空いていた。タリスは気を利かせて、コウヤと屋台を楽しむのをジルファスへ譲《ゆず》ったようだ。

「ほら、君達も回っておいでよ。一応は護衛でしょう？」

「あ、はい。では、行ってきます」

「すみません。そうでしたっ」

コウヤが近くにいればジルファスは安全だ。だが、彼らは護衛の職務中なのだ。そのまま見送ってはいけなかったと気付く騎士達だった。


一通り食べ物を買って戻って来たコウヤ達は、のんびりと食事を始めた。

先ほどからジルファスはとっても機嫌が良い。初の父子でのお買い物がよっぽどお気に召《め》したらしい。王宮にいる妃との子どもはまだ幼い上、まず町で買い物なんてできない。普通の親子としての体験をできたことに少々感動していたのだ。

更には、屋台がこれほど集まっていることはとても珍しい。そして、コウヤが屋台部隊に渡した目新しいメニューの数々。始終楽しくて仕方がない様子だった。

「どれも美味いなっ」

「沢山買いましたね〜」

「楽しくてなっ」

今日一番の笑顔だ。護衛の騎士達は何も言えずに夢中で食べている。ちょっと気を抜き過ぎなようにに見えるが、ここで警戒し続ける必要もないので良しとしよう。

コウヤの向かいには、タリスが祭りのような情景を見つめて笑う。

「そういえば、ダンゴちゃんは他の人とも喋れるようになって良かったねえ」

相変わらず人だかりが出来るほど、パックンとダンゴは楽しんでいた。お陰でどこにいるのか分かりやすい。それを面白そうに見つめながら、タリスはお好み焼きに手を伸ばした。

盗賊討伐の後くらいから、ダンゴは念話ではなく、きちんと声を出して話せるようになった。

「はい。いっぱい色んな人が話し掛けてくれたお陰です。パックンも沢山言葉を覚えました」

「普通に買い物してるね」

「パックン、いつの間にか値切りとかもできるようになってたんですよ。多分、俺よりも上手にお買い物しますよ？」

「あの感じで値切られたら思わず乗っちゃうよね。その上、いくらでも入るし？」

ここで幸いだったのは、パックンが純粋に買い物を楽しんでいることだ。必要だと思える量しか買わない。いつものように収集癖が出てしまえば、この屋台の売り物を全て収納してしまうだろう。ちゃんとお金は払うだろうが、それはもう買い物ではない。

「そうなんですよね～。本当にどれだけ入るんでしょう。この前なんて、壊れて立ち往生してた馬車を丸ごと収納して工場《こうば》まで運んだらしくて。すごく感謝されてました」

タリスが目を見開く。

「馬車丸ごと入るの⁉　ほ、本当に何入ってるか確認した方が良くない？」

「それはずっと前から思ってるんですけど、中々機会がなくて……」

本当にそろそろチェックした方が良さそうだ。

しばらく歓談していたのだが、騎士の二人があらかた食べ終えて、何やら言いたそうにこちらを見ているのにコウヤは気付いた。

「どうしたんですか？　何か気になることでも？」

「あ、いえ……その……コウヤ殿にお願いがあるのですが」

「俺にですか？」

「「はいっ」」

ジルファスも何を言い出すのか分からないらしい。美味しそうに食べていたたこ焼きを持ち上げ、口に含む前に動きを止めて彼らを見た。

「今日の訓練を見まして……私達にも訓練を付けていただけないかと」

「おい。お前達っ」

そんなことを頼めるはずがない、とジルファスは顔をしかめた。しかし、コウヤはなんてことないように答える。

「別にいいですよ？　どうせ、明日にはここの領兵の方達と訓練をしたらどうかと提案しようと思っていましたから」

「え？」

驚くジルファスの方を見る。

「今回の薬のこともありますから、騎士の方々にはしっかりと動けるようになってもらおうと思ってたんです。とりあえず、ここにいる間にユースールの兵の方達の実力に多少は追い付いてもらいたいんですよね～」

「いや……彼らは兵だろう？　騎士であるこれらが劣るとは……あっ」

そこまで言ってジルファスはハッとした。コウヤとの鬼ごっこ。兵達は結果的には完敗だったが、動きは良かったと思い出したのだ。

「はっきり言ってしまうと、ここの兵の方達は、新兵も含めて騎士の方にも負けない実力を持ってます。辺境の兵とはそういうものです」

「……だが、さすがにそれは……」

言い過ぎだろうと続けられなかったのは、コウヤが自信満々に笑っていたからだ。本来なら兵士の実力はスキル的にも騎士に劣るのが常識だ。しかし、ここでそれは通用しない。

「とりあえず、嘘だと思って体験してみてください。待機されているお連れになった騎士の方達も全員。その間、ジルファス様にはダンゴを付けます。この町の中なら、何があっても安全ですから遠慮なく訓練してください。俺も時々見に行きますから」

「分かりました……」

「やってみます」

そうして、騎士達の訓練も開始されることが決定した。

ジルファスに付き従っている二人を除いた騎士達は、領主邸の隣にある、領の執務を行う領城に滞在している。ジルファスは領主邸の方に滞在しているが、領城の兵舎にある訓練場で日頃の鍛錬を行えることと、単純に部屋があるため、騎士達にはそちらにいてもらっているのだ。

「ここの領城は立派だな。だが、領主の住む場所と完全に別棟になっているのは変わっている」

屋台を堪能《たんのう》した翌日。コウヤは、特にやることがないというジルファスと、領主邸から領城に向かっていた。

約束通り、訓練をつける話を騎士達にするため、ついでに領城の案内を買って出たのだ。昼過ぎまで仕事のないコウヤにとっては暇潰しのようなものだった。もちろん今は、昨日訓練を頼んで来た二人の騎士が付き従っている。

「元々、数年前までは領主邸が領城だったんです。ですが町の人口も増え、それに伴い兵や官吏《かんり》達も増えました。そこで、領城を改めて建てたんです」

「なるほど……確かに、あの領主邸では手狭《てぜま》だろうな」

「ええ。それに、領主であっても休息は必要です。しっかりとプライベートと仕事は分けるべきでしょう。家族も変に気を使う必要もないですし」

「そうだな」

この国では、区切りは付けるが、領主邸と領城を分けて建てることはない。何かあった時にすぐに領主に連絡が付くようにすることと、実際に二つ建てる土地がないのが理由だ。王城も王族の居住区と国政を執り行う場所は一つだ。そもそも分けて建てるという考えがなかったらしい。人口は減るのが当たり前で、増加することが頭にないというのもある。

「住民の居住区整理も同時に行いましたので、土地の確保がスムーズにできたんです。元はこの辺りは農地で、これ以上拡げられなかったのですが、東の端に農耕地を移動させたことで、外へと拡げることを可能にしました」

「だが、農地は外からの魔獣の被害に遭わないように、中央寄りに置くのが普通だろう？」

外壁近くでは、逆に魔獣や魔物を誘《おび》き寄せてしまう可能性があると言われている。そのため、町の中の方で作物を育てるのが一般的だった。

「しっかりと対策ができるなら、外側に作るのが正解だと思うんです。人が増えるのなら、農地も拡げる必要が出てきますから、その計画が立てやすくなります。それに、住宅街の近くに畑を置くと、虫や鳥が問題になることがありますよね」

これには騎士の一人が答えた。

「畑が近いと家の中にかなり虫が入って来るとか。近くに飲食店は出せないですし、それに鳥が来ると糞《ふん》を落とします。外に洗濯物を干せないと聞いたことがあります」

「そ、そうか……知らなかったよ……」

ジルファスは、民達に近い位置で物事を見ようと努力してきたらしい。冒険者として時折活動するのもそのためだ。だが、そういう事情までは知り得なかったようだ。

「知らなくてもおかしくないですよ。畑の傍は土地代が安く設定されます。そういう実害を納得した上で住まわれますから、公然と訴える方はいません」

何より、畑を管理する者達が近くに住むのだ。畑が悪いとは言えない。畑に肥料を撒くだけでも、やはり近くでは臭うし、色々と不満はあるだろう。しかし、それも全て納得した上なのだ。

「だが、その農地が今の領城の場所……ということは、領主邸も接していたんだな」

「ええ。ここユースールでは、町が出来た当初、この領主邸周りから拡げていったそうです。その時から農地が固定されていました」

「先に食料の確保をしなくてはならないからな……では、レンス殿は農地の近くに住むことの大変さも分かっておられるのか……」

「はい。なので、区画をしっかりと区切った上で、防衛にも力を入れるという今の形になりました」

実際、町の外壁を突破されることはまずない。大規模な魔獣達の集団暴走でもなければ、問題はないのだ。

「よく考えられているのですね……」

騎士が思わずといったように感心する。これにコウヤは笑いながら答えた。

「この町は、領主様と住民の距離が近いんです。一方的な意見だけでなく、常に話し合って作られてきました。辺境だからこそ、そうして力を合わせてやるべきだと皆が考えた結果です」

「なるほど。ならば俺も、ここで色々と学ばせてもらおう」

ジルファスは、改めてこの町を見て回ることが必要だと気付いたようだった。

コウヤはジルファス達を連れて、他の騎士達の滞在する場所へと向かう道すがら、領城の中を案内することにした。

騎士達は今時分、訓練場の一つにいるはず。彼らと合流してから、領兵達の使っている大訓練場へ移動する予定だった。だが、その前に、興味津々《しんしん》のジルファスのため、中を見て回ることにしたのだ。

「この辺りは環境整備局の管轄です。各方角の部局、商業ギルドや冒険者ギルドなど、それぞれのギルドと連携を取る部署があります」

忙《せわ》しなく仕事に駆け回る文官達を横目に、一階のエントランスを真っ直ぐに突っ切り、しばらく行くと上を見上げて説明する。

「ここの二階は、この吹き抜けを挟んで左側が財務局。右側が軍務局の管轄です」

「……外から見ても立派だったが……すごいな……」

ジルファス達は思わず口を開けて上を見上げる。ショッピングモールをイメージした緩やかな半円形の造りになっていて、まだ先は見えない。

「天井から太陽や月の光が入るようにして、魔導具の消費を抑えているんです。夜も防犯のために明るさを確保できる造りになっています」

大きな天窓は、もちろん外からの侵入が不可能なように結界を張ってある。それと、足音を忍ばせられないよう、床には大理石のように、美しく磨かれた硬い材質のものを使っていた。

下から部屋の扉を全て確認できるので、人の動きも見やすく、二階部分までの天井は少々低めの設定だ。何かあった時に二階からすぐに飛び降りられる。もちろん、受け身が取れることが最低条件ではあるが。

「武官と文官はあまり仲が良くないだろう？　分けられているとはいっても雰囲気は悪くならないか？」

武官は文官のことを『いざという時に戦えもしない軟弱者《なんじゃくもの》』と考えているし、一方の文官は『動くだけで頭が働かない人達』だと武官を蔑視《べっし》する傾向が強い。育った環境が正反対に近いのだ。分かり合えないのはある意味当然とも言えた。しかし、このユースールではそれは当てはまらない。

「王都とか他の所はそうなんですね。でも、ここでは特にそういう対立はないですよ？　文官も最低限身を守れるくらいの護身術《ごしんじゅつ》はできるように指導しますし、武官も経費の計算などができるようにしています。毎年、武官と文官の間で異動する人が数人出るくらいですから」

「……部署異動ではなく？　文官が武官になったりするのか？」

「はい。武官が文官になったりもしますよ。因みに、今の財務局の局長は、二年前までヘル様の前任で、領兵長をしていた人です」

「……は？」

そこで、部屋の一つから飛び出て来たガタイの良い男が目についた。

「あ、噂をすれば局長さんです」

「っ、なっ、あの方はっ」

「ご存知ですか？　確か、十年前までは王都勤務だったとお聞きしていますが」

「あ、ああ。王都で総隊長をしていたはずだ……」

因みに、部隊が五つ以上ある場合、それをまとめるのが『総隊長』で、このユースールのようにそれ以下の部隊数の場合は『領兵長』という役職になる。

「そうでしたか。今はここの財務局長です。ふふっ。多分あれは怒ってますね。どっかの経理報告が気に入らなかったのかもしれません」

「……」

同じ部屋から出て来た沢山の文官達が、その足を止めさせようと、彼に取り付いていた。

「局長っ！　ちょっ、待ってて、暴力はダメですって！」

「備品壊したらそれこそもったいないですからっ。ちょっ、ちょっと落ち着きましょうっ」

肩に、足に、取り付いて引きずられていく文官達は必死だった。

「うるせぇよっ！　あんだけ先月出費を抑えろっつったんだっ。節約もできねえバカは仕置きが必要だろうがっ」

そう怒鳴る局長の手には書類が握られていた。移動中の文官や武官達は、とりあえず武器ではないと確認すると、一つ頷いて仕事に戻って行く。ここではこれが日常茶飯事《さはんじ》だ。彼らの様子で珍しくもない光景だと証明された。

「それは分かりますけど、もう少し落ち着いてっ。じゃなきゃまた扉壊すでしょっ」

「もう扉なんて要らねえよっ！　軍務のは全部とっぱらっちまえ！　どうせ壊すんならその方が効率的だっ」

「壊すのはあんたでしょうがっ!!　他の人は壊さないんですよっ！」

文官達の訴えは切実だ。

「お、おいっ。財務局長の奇襲だっ！」

「誰がやらかしやがった⁉」

「急げっ。説得が失敗した場合に備えて、壊される前に扉を開けろっ‼」

軍務局も慣れたものだった。

そんな人達を下から見つめながら、コウヤは珍しくも何ともないと説明をし続ける。

「こうして、一番経費を使う軍務が向かいにあるので、対応もしやすいんですよ」

渡り廊下に人のバリケードが出来始めていた。

「……仲……いいんだよね……？」

「いいですよ？　ほら、ちゃんと話し合いで解決しようとしてますし」

渡り廊下の端と端。そこで睨み合うような形になる両者。

「よっ、要求をお聞かせください！」

「武器備品管理担当を出せ！」

「急げっ。部屋から引きずり出して来いっ」

「はっ‼　部長がっ……逃げましたっ‼」

「直《ただ》ちに捕獲せよっ！　全業務中止‼　中止ぃぃ‼　全部署で確保だ‼」

「「「「了解‼」」」」

とても賑やかだ。どうしても犯罪者への説得っぽくはなるが、毎回円満解決をするので特に困らない。

「と、まあ、あれで何とかなりますから、行きましょう」

「いやいやいやっ。いいのかい⁉」

「大丈夫です。ここは頑丈に作ってありますから、柱や壁、床は強いんです。扉は何かあった時に壊せた方がいいと思って、わざと普通に作ってあるだけなので」

「それ……柱とかは普通じゃないってこと……？」

ジルファス達は正確に理解してくれたようだ。

「あ、あの……先ほどから気になっているのですが。コウヤ殿はギルド職員ですよね？　なぜこんなに領城に詳しいのですか？」

騎士の一人に質問され、コウヤは言ってなかったっけと首を傾げた。

「この領城を設計したの、俺とドラム組の棟梁《とうりょう》なんですよ。もちろん、工事も手伝いました」

「……え……？　コウヤが建てた？」

「図面引きとか整地とか木材の搬入とかが主ですけど、ちょっと手伝っただけですよ？」

「……」

ジルファスは声も出なかった。

「コウヤ殿って……なんでもできるんですね……」

「大工仕事もできるとか、尊敬しますっ」

騎士達は素直に感心していた。

「ありがとうございますっ。ここでの経験がなかったら、家も建てられなかったんで、俺にとってはとっても価値のある場所なんですよっ」

「……コウヤ？　家って……もしかして……」

ジルファスには、実はとても気になっていたことがあった。それは、コウヤがどこに住んでいるのかということだ。教会に住んでいないのは既に知っている。ギルドの寮にも部屋はないとタリスから聞いていた。父親としては、息子がどこで、どんな生活をしているのかは知っておきたいと思っていたのだ。

「はいっ。家は自分で建てました」

「そ、そうか……っ、な、ならその……こ、今度見せてもらっても……」

「いいですよ？」

「っ、絶対だぞっ」

「分かりました」

詰め寄って来たジルファスを不思議に思いながら、コウヤは笑顔で頷いたのだった。

騎士達を呼びに行く途中で、領兵隊長の一人に出会った。

「あ、丁度良かったです。おはようございます、隊長さん」

「これは、コウヤ殿……うちの第一部隊に用でしょうか」

少しも笑むことなく、寧ろ、目を細めて投げかけられた言葉にコウヤは内心苦笑する。だが、そんな内心とは裏腹に営業用の笑みで答えた。

「ふふ。はい。こちらで訓練に参加させてもらいたい人達がいまして」

ユースールの領兵部隊は全部で三つ。いつも町で鬼ごっこ訓練をするのが、第二、第三部隊だ。

第一部隊は領城の警備が主な仕事であるため、外で会うことはあまりない。彼らの兵舎は騎士達を泊めている領城内にある。第二部隊と第三部隊は町の治安維持が主な仕事。町を北から南に縦に割って西側が第二部隊、東側が第三部隊の管轄だ。それぞれに兵舎があるので、領城内の兵舎には入っていない。

「ほお。もしや、あの騎士の方々ですかな？」

「そうです。小訓練場を貸していましたよね？　なので、大訓練場で皆さんと一緒にお願いしたいんです。もちろん、領兵長であるヘルヴェルス様の許可はいただいていますよ？」

王都の騎士とは知っていても、なぜ来たのかは彼も聞かされていない。ジルファスのことも、あまり公《おおやけ》にしたくないという理由から、彼らにも伏せられていた。そんな事情もコウヤは知っているのかと、第一部隊の隊長は忌々《いまいま》しそうに見下ろして頷く。

「なるほど……では、対価としてコウヤ殿に訓練を付けていただけるのなら、お受けしよう」

「いいですよ」

コウヤはニコニコと対応しているが、隊長の表情から剣呑《けんのん》の色が消えることはない。ともかく、騎士の人達を連れて来るからと言って、コウヤは隊長と別れた。

「……コウヤ……あの人と何かあったのか？」

「あ、気付きました？」

「あれほどの悪意をコウヤに向ける者に、初めてこの町で会ったからな……」

不快だとはっきり顔に出ていた。誰にでも人当たりの良いコウヤだ。それがなぜ、あれほどまでに嫌われるのか気になるに決まっている。

「第一部隊の半分はあんな感じです。彼らは、レンス様や領兵長であるヘル様のことを慕《した》って、外から来た人達なんです」

「……コウヤが気に入らないのはなぜだ？」

「どこの馬の骨とも知れない子どもが、尊敬する人達に取り入ろうとしてるんです。警戒するのは当然でしょう」

外から来た彼らは、他の領で兵として実績のある者達だった。そこからして、孤児であるコウヤに良い感情を持っていなかったのだ。

「彼らは、他の町でスラムの者達や浮浪児《ふろうじ》達に苦労したんでしょうね。この町では違うとは言っても、凝り固まってしまった印象は変えられないらしいんです」

浮浪児達は犯罪者予備軍だという目で見ているのだ。親がいないだけでもダメだ。教育を受けていない、常識の分からない子どもという印象しかないらしい。

確かに、将来的に罪を犯すようになったり、生きていくために盗みをしたりする者は多い。だからと言って全員がそうなるわけではないということを、受け入れようとしないのだ。何よりも、そういった者達に手を差し伸べるのが兵達の仕事だというのに。小さないざこざでもすぐに浮浪児を犯人扱いする。そういう決めつけをしてしまう兵達は多かった。

だが、このユースールで育ち、兵になった者達は違う。皆平等であり、良い人も悪い人もいる。

悪い人でもやり直せると知っているのだ。同じ人として分かり合える時はあるのだと知っている。

そして、孤児や一人で生活する力がない弱い立場の者達に、自分達が手を伸ばさなくては、と思って兵になった。環境は人を変え、育てる。だからこそ、彼ら第一部隊とは相容《あいい》れないところがあった。

「あの人達、ちょっと融通《ゆうずう》きかないところありますし、『敵じゃないですよー』って言ったところで、野生の猫みたいに毛を逆立てるだけで聞いてないし。もう面倒くさくなっちゃって」

大人だし、自分で考える力があるのだ。教え諭してやる義理はない。

「この町に来たからには、この町のやり方とか、考え方を分かってもらいたいんですけどね。寧ろ、他の町の例を知っているってお得だと思うんですけど、意地になってるみたいなんで、もうどうでもいいです」

これに、騎士が意外だと目を瞬かせていた。

「コウヤ殿は何でも優しく教えてくれる人だと思ったのですが、こういう一面もあるんですね」

「弁明しないとずっと悪者ですよ？」

もう一方の騎士は心配もしてくれたようだ。

「相手が聞く耳を持たない時に話をしても、時間の無駄ですからね。あれを相手にしてたら一日なんてすぐ終わっちゃいます。やりたいことがいっぱいあるんで、時間は大切にしたいんですよね〜」

「「なるほど」」

やたらと頷いていたので、彼らもそういう相手に心当たりがあるのかもしれない。ジルファスも同じだった。

「だが、ああいう輩がここを守っているというのは不安だな……」

ジルファスは、隊長がコウヤに突っかかって来た時点で不信感を抱いていたようだ。

「え？　他の町とかはどこもあんな感じじゃないですか？　俺と仲悪いのはいいんですよ。彼ら、レンス様やヘル様至上主義なんで、ちゃんとここは守ってくれます。ちょっと他と連携取れないってのはありますけど、そういうところは他の隊の人達が合わせてくれてくれますし、第一部隊の半分はそういう部分の調整役をしてくれてますから、実害はないですしね」

役目はしっかりと果たせるのだから、別に誰を嫌っていても良いだろう。彼らの嫌悪《けんお》するスラムはこの町には存在しないし、今は元スラムの人達と住民達に違いはない。孤児達は全員保護されて浮浪児はいないし、問題になる者はこの町にはいないのだ。

「それに可愛いじゃないですか。嫌いな俺に訓練付けてくれって言うんですよ？　ふふっ。第二、第三部隊の人達を鍛えた甲斐《かい》があったなあ」

あれほどの悪意を向けられたというのに、コウヤはとってもご機嫌だった。それを見て、ジルファスや騎士達はコウヤの思惑に思い至る。

「まさか……こう言われるように仕向けたのか？」

「そうですよ？　他の部隊の人達は俺と訓練することで確かな実力を付けました。三ヶ月に一回の周期で、全部隊での合同訓練をするんですけど、ここ一年くらいは第一部隊がボロ負けしてるみたいなんですよ」

自分達は他の領から来た実力派だと驕《おご》っていた第一部隊の半数の者達は、この現実に打ちのめされた。そして、ようやく最近になって、コウヤとの訓練によって第二、第三部隊の者達が明らかに実力を付けてきたのだと知り、ずっと悶々《もんもん》としていたのだ。あれだけ毛嫌いしているコウヤに頭を下げるのは嫌だっただろう。

「さすがに彼らも危機を感じたんでしょうね。兵って実力主義みたいなところがありますし、あの堅物《かたぶつ》でも分かりやすかったみたいです。そろそろこっちから接触してやろうかなと思っていたところだったので、今回の話は良い機会になりましたよ」

至って自然に彼らにも訓練を付けてやれる。あの隊長もそれほど悩まずに口にできただろう。

「……コウヤ殿って、策士ですね……」

騎士達は今になって、コウヤに訓練を頼んだことを少しだけ早まったかなと感じていた。

特筆事項⑨　騎士の訓練をしました。

ジルファスの連れて来た騎士は全部で十名。全員に訓練をしましょうと言って大訓練場へ向かうと、そこには既に第一部隊の大半が揃っていた。もちろん、現在の領城警備に最低限必要な人員はここに来ることはない。そして、ここには領兵長であるヘルヴェルスも来ていた。

「コウヤっ。やっぱりこうなってしまったみたいだね……」

「ええ。いいんですよね？」

「ああ……今ここにいるのは、頭が固いのだけだよ。数日分のシフトは組み直してるから、好きにしてくれ」

「分かりましたっ」

ヘルヴェルスには昨日のうちに、こうなるかもしれないと伝えていた。そこで彼は、第一部隊の中でも頭の固い、外から来た者達だけをここに集めるように手配したのだ。

物分かりの良い、いつも仲裁役になってくれる半数の者達は、領城警備の通常業務に当たっている。彼らはこの訓練が開かれると聞いた時に、連勤になるだろうことを覚悟してくれていた。揃って呟いたのはこの言葉。

『これで数日は、あいつら使い物にならなくなるな』

すぐにローテーションを組み直す作業に入ったらしく、万が一の時は、足りない分を第二、第三部隊から借りるとヘルヴェルスに報告しに来ていたのだ。

「では、騎士の皆さんは少しだけ待っててもらえますか？　ただ、これからやることは見ててください。なるべく俺の動きを目で追うように」

「え？　あ、はい……？」

意味が分からないなと思いながらも、騎士達は素直に頷いた。騎士の中には、あの『王座の迷宮』で会った者達もおり、コウヤの強さは分かっているので、コクコクと勢い良く頷いてもいた。

コウヤは、模擬戦用の木剣を、いつの間にかやって来ていたルディエに手渡される。

「ルー君、回復頼める？」

「うん。倒れたのから治していけばいい？」

「そうだね。それで逃がさないようにして欲しいな」

「どれくらい続ける？」

「一人二十戦で」

「分かった。お前達、いいな」

「「「「「はっ！」」」」」

ルディエの呼びかけで瞬時に五人の白夜部隊の者が現れ、すぐに訓練場の四方《しほう》の隅に散った。

「……相変わらず、君達は……」

ヘルヴェルスは、全く気配もなく現れた白夜部隊の者達に畏怖《いふ》を感じたようだ。彼には、ルディエ達が何者なのか伝えているので、元殺し屋という事実にまだ恐怖を覚えている。

ただし、コウヤがしっかりと頭を押さえて管理しているので、邪険《じゃけん》にすることはない。コウヤの味方ならば脅威にはならないと信じているからだ。とはいえ、コウヤの味方=自分達の味方ではないというのも理解している。なので、絶対に手を出すつもりはなかった。

コウヤはそのまま第一部隊の前へ立つ。その表情はずっと変わらず笑顔だ。

「そろそろ始めましょうか。ルールは簡単です。俺がこの剣を手放すか、俺が膝を地面に突いたら俺の負けです」

「……我々の負けは……？」

コウヤの方の負けの条件だけ提示されたので、隊長は不服ながらも尋ねた。そういう公平さを求めるから融通が利かないのだ。

「そうですね……一人だいたい二十戦したら終わりにしようとしていたんですけど、では」

そこで言葉を区切って、コウヤは後ろに手を突き出す。すると、五メートルほど離れた場所に、地面から大きな砂時計が現れた。

「っ⁉」

「一時間計です。これが落ち切るまでに二十戦……二十回倒れてしまったらあなた方の負けということで。落ち切った時に一人でも立っていたらあなた方の勝ちですからね」

これを聞いて徐々に内容を理解し、怒りを露《あら》わにする兵達。この場に兵は四十人ほどいるのだ。それなのに、一時間も保たないと思われている。それが許せなかったらしい。

「我らを愚弄《ぐろう》するかっ！」

「そんなことないですよ？　ただ、自分達の力量というものを正しく謙虚《けんきょ》に受け止めるのは必要です。ほら、始めますよ」

そうして、止まっていた砂が落ち出した。

「っ、親に捨てられた孤児のくせに、我らに意見するな‼」

「そういう決め付けが良くないんですよ」

突っ込んで来る隊長の剣を受け流し、絡め取って兵達の後方へ投げ飛ばした。

「ほら、後ろでちょっと反省するように」

「っ、んあっ⁉」

ヒュンっと飛んで行った大柄の隊長を、向かって来ていた兵達も思わず目で追う。地面に叩きつけられるところまでしっかりと確認していた。

「皆さんも余所見《よそみ》していてはいけませんよ？」

コウヤは一歩大きく踏み出すと、剣をヒュンヒュンと音を立てて振る。それはまるで突風だった。

「「「「っ、ぐあっ！」」」」

ただし、風で吹き飛ばされたのではなく、叩かれる衝撃を受けて四方に吹っ飛んだ。

「これで一戦目です。さっさとかかって来てください。早く立たないと……」

「「「「ッ！」」」」

左右に割れて倒れている兵達に容赦なく剣を一閃《いっせん》させる。一度しか動いたようには見えないが、コウヤは左右に一閃ずつしている。そうして兵達を圧し潰すと、今度は立ち上がろうとしていた隊長の方へ吹き飛ばした。

「ぐあっ！」

飛んだことで三半規管《さんはんきかん》がやられたらしく、ようやくよろよろと立ち上がった隊長は、更に後方へと飛ばされる。

「これで全員二回倒れたことになりますね。ほら、早く立ち上がらないと次が行きますよ？」

「な、なんでっ……」

「あれ、訓練用のただの木剣だろ……っ」

彼らは確実に内臓を圧し潰される感覚を受けていた。じんじんと痛む体に怯えながら起き上がる。中には吐血する者もいる。気のせいではない。しかし、そんな彼らは不意に癒される感覚を覚えて振り返る。そこには、この町の神官服を着た者達がいた。

「あ、ありがとうございます。神官様……」

感謝を示す兵達。癒えたことでゆっくりと立ち上がった兵達へ、神官は笑顔で答えた。

「我らのことはお構いなく。それよりもコウヤ様をお待たせすることを……お気になさいませ」

それだけ告げた神官達は不意にその姿を消す。

「え？」

どこへ行ったのかと誰もがキョロキョロと見回す。すると、神官達は訓練場の端に控えるようにして静かに立っていた。

「一瞬であんな場所まで……？」

「見えなかった……」

「ま、待……そういえば、さっき神官様は……っ」

何と言っていたのか思い出した時、背後に誰もが圧力を感じて固まった。それが威圧であるということに気付いた者はいない。なぜ自分達は振り向けずにいるのか。なぜ喉が不自然に渇くほど激しい動悸《どうき》に襲われているのか分からない。

「どうして向かって来ないのですか？　それとも、時間稼ぎとでも考えているのでしょうか？」

「「「「っ……！」」」」

彼らはこの時、確かに人の気配というものを感じ取っていた。

「向かって来ないなら、ただのサンドバッグ……いえ、クッションでしょうか？　よく弾みそうですよね」

コウヤが振り抜いた剣圧によって再び兵達は空を舞い、地面に叩きつけられる。

「「「「ぎゃぁぁぁっ」」」」

腕や足が変な方向に曲がるのは序の口。肋骨《ろっこつ》が折れて血を吐くのにも慣れていく。

神官達の働きにより、兵達は数秒の苦痛の後に癒される。しかし、その数秒後には再び痛みを感じるのだ。そうして、ノルマの二十回を迎えた者達は、誰一人として立ち上がろうとはしなかった。

コウヤは全員がノルマを達成したことを確認してから、砂時計を振り返る。

「これを出した意味なかったですねえ」

砂は半分どころか、五分の一も落ちていなかった。そこにルディエが近付いてくる。

「整列させる？」

「そうだね。ちょっとバラバラ離れてるし、まとまってくれた方が、話がしやすいかな」

「分かった」

ルディエが頷いたと同時に、白夜部隊の神官達が兵達を快復させ、声をかける。

「すぐにコウヤ様の前に整列してください」

「あまりお待たせしないように」

「立って足を動かしてください」

神官達は皆一様に笑顔だ。しかし、口にしている言葉は毅然《きぜん》としていた。

「な、なあ……ずっと思ってたけど……」

「あ、ああ……神官様達、コウヤ……様って……」

「うん。コウヤ様って呼んでるよな……？」

癒してくれてはいるのに、ちっとも優しさを感じなくなったのは何回目の時だろう。神官達が悪魔の使いかのように見えていた。

十回目を超えた時から、コウヤは殺気も放ち始め、否応なく彼らは死の恐怖を味わった。彼らは兵として生きる中で、そんな風に死を間近に感じることなどなかった。ここ数十年、戦争もなく死の恐怖とは無縁だったのだ。初めて感じた殺気は恐ろしく、神官達がすぐに癒してくれると分かっていても、痛みに数秒耐えなくてはならない。これによって、彼らの『自分達は強者なのだ』という驕りがガラガラと崩れていった。

「ほら、早くこっちで並んでくださいね」

「「「「っ……」」」」

返事をしないのは、まだ彼らの中に意地が残っているからだろう。驕りという壁が崩壊しても、足下にはまだ瓦礫《がれき》の山があるのだから。少しでも高さを稼ごうと必死だ。子どもであるコウヤに負けたという現実を、頭の中で整理し切れていない。

「とっても不満そうですね。大丈夫ですよ？　その気持ち、好きなだけ大事にしててください」

両手を胸に当てて笑顔で告げるコウヤに、半数は恐怖に怯え、残り半数は怒りに震えていた。

「あなた方には、これからあちらにいる騎士の方々と強化訓練を受けてもらいます。身体強化が使えることは先ほど確認できましたからね」

「「「「……え……」」」」

「あ、気付いていませんでしたか。最後の二回くらいでちゃんと全員使えてましたよ？　ステータスを確認してみてください」

大人しくなった隊長までもが素直にステータスを確認した。そして、一様に固まる。

「「「「えぇぇぇぇぇっ!!」」」」

全員確認できたらしい。

一般的に、兵は身体強化が使えるとは限らない。訓練をしたところで簡単に身につくようなものではないのだ。冒険者のように幾度となく死線を乗り越え、真面目に自身を鍛えて追い詰めてきた者にしか手にできないスキルだった。

今回、騎士達よりも先に彼らの訓練《いじめ》をしたのは、これを全員が使えるようにするため。一緒に特訓をしてもらう騎士達が身体強化を使えるのは当然で、そもそも騎士になる資格の一つに『身体強化【中】以上であること』というものがあるのだ。

因みに、コウヤがいつも訓練する第二、第三部隊の者達は、身体強化【大】以上となっている。数ヶ月前に入った新人達も【大】までは持っていた。隊長、副隊長クラスは既に【極】になって久しく、そろそろ【越】になるかもしれない。そうなれば人族としては珍しく、【極】以上の熟練度があることを知ることになるだろう。

領兵長のヘルヴェルスもコウヤの訓練には時折参加しており、【大】まで習得済みである。

「混乱してるみたいだから、先にこっちの用意を済ませようかな。ルー君、神官さん達もこっちに」

この訓練場は、中学校のグラウンドより少しだけ広いくらいだ。二百メートルのトラックを横にしたものが並列で二つ並ぶ。前方に人を集め、後方のトラックの四つのカーブにトンネルを作る。そして、そのトンネルの内側に番犬を召喚《しょうかん》しておいた。

「……コウヤ……あれはケルベロスだよね……？」

鎖で繋がれた四体、十二頭の番犬を見て、ヘルヴェルスが震えた声で確認する。

「はいっ。ばばさま達の知り合いからお預かりしてます。まだ子どもなんですけど、運動不足気味みたいで。番犬としてちゃんと役に立つように調教して欲しいとお願いされまして」

「……いったい誰が……」

子どもであろうとケルベロスはAランク相当。一体でも小さな町なら一日で滅ぼせる。それを番犬として飼う。しかも四体もだ。どんな人物の依頼かと冷や汗を流す一同。動揺していないのは、ルディエ達白夜部隊くらいだ。寧ろ、彼らは目を輝かせて興奮している。

「それで兄さん、あれはどうするの？」

一体どんな訓練になるのかと、ルディエはちょっとワクワクしているようだ。

「そんな特殊なことじゃないよ？　あそこを走るだけ。一周ずつ決まった時間で走ってもらうけどね。ほら、犬って走ってる人を追いかけたくなる習性があるんだ。だから、あのトンネルに入る時と出る時は必死で走らないとね」

トンネルの中に入っている間だけは姿を隠せるが、時間制限があるのでそこに留まり続けることは許されない。

「あ、ギリギリ前足は届くから気を付けてくださいね？　神官さん達は当たっちゃった人の治療をお願いします。それと、トラックからはみ出すと、中央の方に弾き飛ばされるようにしておきますから、その場合、気を付けないと噛み付かれますよ？　あとは、時間内に完走できなかった場合も、問答無用で弾かれます」

「「「「……」」」」

皆、現実逃避に入ったようだ。

「心配しなくても大丈夫です。ちゃんと爪は切っておきましたからね。前足が届いても一撃では死にません。噛み付くのは……甘噛みにしろって言ってはあるんですが……うん。その場合は俺が対応します。でも万が一がありますから充分に気を付けてくださいね？」

手を叩いて可愛く笑いながらコテンと首を傾げるコウヤだが、神官達が微笑むくらいで他は反応できなかった。

「もちろん、騎士さん達も参加しますから」

「「「「はっ、えぇぇぇっ!?」」」」

すっかり他人事みたいになっていたらしく、安心し切っていた騎士達は、そういえばと思い出して顔を青くしていた。

「大丈夫ですよ。身体強化を十全に使いこなせればただ走るだけの訓練です。ほら、難しくないでしょう？」

「「「「ムリですっ！」」」」

「無理じゃないですよ。ほら」

「「「「神官様⁉」」」」

楽しそうだと思ったのだろう。ルディエを含めた神官達が走り出していた。かなり力を抜いているようだが、それでも軽々と全員で走り抜ける。

「ね？　あれで身体強化【中】くらいの力です。騎士さん達には軽いでしょう。兵の皆さんは、これがちゃんとできるようになれば、それだけの実力を付けたことになりますから。成果が分かりやすいですね」

「「「「……」」」」

「今日は午前中しか俺の予定が空いていないので、早く始めましょう。午後は……神官さん達に乱《らん》取《ど》り稽古をお願いしましょうか。なんだかとってもストレス溜まってるみたいですし」

軽く三周しても物足りなかったのだろう。神官達は繋がれているケルベロスと遊び始めていた。ルディエに至っては既に力を見せつけたらしく、ケルベロスが腹を見せている。ツンデレなルディエは、顔をしかめながらも殴るように撫でており、ケルベロスは気持ち良さそうだ。

「「「「……っ」」」」

「それでは、十人で一組にしますね。待ってる人は、この辺でちゃんと体を温めておいてください」

「わ、私達は……」

騎士の一人が恐る恐る確認してくる。

「騎士の方達全員で一組とさせてもらいます。最後にしますから、今から体を温めておいてくださいね♪」

「「「「……」」」」

温まるどころか冷えていき、顔は真っ青だった。

「さあ、ではインターバル走訓練です。始めましょう！」

後に、その時の笑顔のコウヤは悪魔にしか見えなかったと、誰もが口にすることになる。

残念ながら元邪神です、と心の中で苦笑しながら答えるコウヤに、彼らが揃って土下座するのはまた別のお話。


コウヤは、午前中だけで第一部隊のプライドを粉砕し終わると、予定通り、動きたくてうずうずしていた神官達に後を頼んできた。もちろん、ケルベロスは飼い主の元へ送還済みだ。

「ケルちゃん達も久し振りに楽しかったみたいで良かったよ」

そう満足気に話すコウヤの隣にいるのは、ルディエ一人だ。

「……あの人、置いてきて良かったの？」

「ジルファス様のこと？　うん。楽しそうだったしね。本人もたまには思いっ切り体を動かしたいって言ってたから」

ジルファスは、ドン引きしながらも騎士達に交じって訓練に参加していた。なにやらこちらをチラチラ確認しながら『ここで踏ん張らなければ父親としての威厳が……』とか言っていたな、とコウヤは思い出す。とにかく心境の変化があったようだ。良いことだと思いたい。

ただ、ケルベロスを配置したあの訓練で、騎士達はビビリまくっていた。たとえ騎士であっても、ケルベロスに出会ったことはなかったのだ。

実際、あの訓練は身体強化ができたとしても簡単なものではない。しっかりと制御できて初めてまともにトラックを一周することが可能となる。

身体強化の発動効果時間のみを言い表すとこうなる。

【小】……………火事場の馬鹿力的な、数秒の無自覚な発動。
【中】……………発動感覚は備わっているが、持続時間は十数秒。
【大】……………すぐに発動でき、数分にわたり継続が可能。

以降、熟練度により、負担もなく長時間の継続が可能になる。

【中】でも発動時間は短い。カーブに入るところで発動させてトンネルに入り、すぐにまた発動させせてトンネルから出るということをしなくてはならない。そのため、コウヤはインターバル走と言ったのだ。ずっと発動していられればそれでも構わない。寧ろ、そうしなくては時間内に余裕を持って一周することはできないのを計算していた。

神官達のデモンストレーションがあったが、あれほど簡単にはできないのが現実である。無理がなくては訓練にならないということもある。因みに、特に優秀な白夜部隊のメンバーは、身体強化【越】だ。あのデモンストレーションは、わざわざあの場のレベルに合わせて見せたに過ぎない。

「それで、ルー君はついて来るの？」

「ダメなの……？」

ムッとした表情を見せるルディエ。愚問だったなとコウヤはクスクス笑って返す。

「ううん。助かるよ」

「っ、ん……」

よしよしと頭を撫でて町を出た。これからギルドの仕事で迷宮に向かうのだ。

「最初に一番遠い『咆哮《ほうこう》の迷宮』へ行って、次に『傀儡《かいらい》の迷宮』、その後『書架《しょか》の迷宮』ね」

「……Aランクでも三つ回るのに最速で七日はかかる計算だけど……コウヤ兄さん、明日は朝から仕事じゃなかった？」

ルディエが言った七日というのは、移動時間を含まない、探索だけでかかる時間のことだ。

今回気にしているのは、魔獣の強さではなく、全階層を踏破するための時間だ。

『咆哮の迷宮』は比較的階層が少なく、階層の規模も小さい。Aランクの最速攻略記録は一日である。『傀儡の迷宮』と『書架の迷宮』は階層が多い。特に『書架の迷宮』は、とにかく隠し部屋が多く、階層も広かった。よって『傀儡の迷宮』は二日。『書架の迷宮』は四日。たとえAランクであっても攻略に時間がかかるのだ。

そして一番遠い『咆哮の迷宮』は、行って帰って来るだけで二日はかかる。迷宮間の移動時間も含めると、十日ほどかかる計算だ。

「そうだよ？　よく知ってるね。夕食までには帰れるように頑張らないとねっ」

「……うん……」

ルディエは頷くことしかできなかった。

冒険者達は日々少しずつ階層を攻略していき、転移結晶のある階層で戻って来る。依頼は攻略済みの階層での採取や討伐になるので、毎回一階層目から攻略を繰り返すことにはならず、それほど時間をかけずに仕事を終えられるのだ。

しかし、今回コウヤが行うのは完全踏破である。攻略済みの階層に飛んで行くわけではない。攻略にかかる総時間が七日だ。それをどうやって半日もかけずに終わらせようというのか。混乱するルディエなどお構いなしにコウヤは歩いて行き、不意に立ち止まった。

「よしっ！　周りに人はいないね。では！」

「っ⁉」

コウヤは唐突にルディエの手を握った。

「に、兄さん？」

「うん？　行くよ？　【転移】」

「へっ⁉」

次の瞬間には『咆哮の迷宮』の門が見える所に立っていた。

「て、転移魔法……っ」

「そういうこと。これで迷宮間の移動は問題ないからね。さて、サクサク調査していくよ～！　今回はルー君がいるから助かるよ♪」

「そ、そう？　が、頑張るよ」

頼られているということがルディエは嬉しかった。先ほどまでの不安顔はさっぱり消えている。そんなやる気満々のルディエを利用しない手はない。ルディエは数少ないコウヤの正体を知る者で、コウヤについて来られる者なのだ。神子万歳である。

「ふふ。じゃあ、これが階層の地図。チェック項目がこれ。俺が確認するから、ルー君はこれにチェック入れていって」

「分かった」

「攻撃して来るのは叩くけど、なるべく走り抜けるから、ついて来て」

「全部倒しながらじゃないの？」

チェック項目を確認しながらルディエが尋ねる。そのチェック項目とは、魔獣や魔物、薬草などの分布や割合が、ギルドの記録と正しいかどうかだ。

「あくまで調査だから。この間にも冒険者の人達が仕事に来るし、その邪魔になっちゃいけないんだ」

「……ギルドってこんなことまでするんだ……」

「管理を任されている以上は必要なことだと思うよ？　これで氾濫の兆《きざ》しがないかもチェックでき

るしね」

とはいえ、ここまで正確に調査に当たろうとするギルドは少ない。やるべきことではあるが、できるかといえばそうではない。

「他のギルドは大変じゃない？　兄さんみたいな強い職員なんていないでしょ？」

「他のギルドは一人ではやらないみたいだね。Aランクのパーティに、調査担当官の護衛として指名依頼を出すんだ。その場合は調査の間、迷宮を立ち入り禁止にするんだって」

ギルド職員で戦える者は少ない。トラブル担当などは現役を退いた元Aランクの人だったりするが、基本的に現場からは退いた人ばかりだ。そもそも迷宮攻略はパーティ推奨《すいしょう》。それだけの人数をギルド職員だけでは用意できない。そのため、冒険者を使うのだ。

「……それ、すごく時間とお金がかかりそう……」

「そうなんだよ。だから、ギルドが出し渋って、調査なんて必要ないって言い張るもんだから、俺が一人でやってたってわけ」

「……前のギルドマスターの話だね……でも、じゃあ、なんで今回も一人なの？」

出し渋っていたのは問題のあった前ギルドマスターだ。今のギルドマスターであるタリスは、そうは言わないだろう。それはルディエにも分かる。

「マスターが自分がやりたいって暴れて大変だから、お願いって頼まれたんだよ」

「……あのじいちゃんなら仕事サボる口実に何日も使うね」

「そうそう。それだと困るでしょ？　でもさすがにずっと走ってもらうのは気の毒だし」

「兄さん、僕は？」

「うん？　ルー君、一日中身体強化してても平気な子でしょ？」

ニコニコっと笑顔で返事を待つコウヤ。それにルディエは一瞬だけ言葉を詰まらせてから答えた。

「っ、任せてよ」

「よろしくねっ。ふふっ。嬉しいなあ。ずっと俺一人でやってたから、ルー君がいると思うと心強いよ」

「っ、う、うん！」

ルディエは、今ならばなんだってできる気がした。コウヤの期待には応えられる、できる子なのだから。


コウヤとルディエは高速で迷宮を攻略、調査していた。以前までコウヤは一人でこなしていたが、今回はルディエがいる。かなり早いペースで進めることができていた。『咆哮の迷宮』を一時間と少しで踏破したコウヤとルディエは、次の『傀儡の迷宮』に来ている。そして、五階層毎に遭遇した魔獣や魔物の数を確認する。

「藁人形《わらにんぎょう》が二百三十六。玉ネズミが百二十。ダルマ蜘蛛《ぐも》が百三」

コウヤの手には、数個の『数取器《かずとりき》』が握られている。走りながら種類毎にカチカチと楽しくカウントをしているのだ。

「リストに変更なし。割合は……範囲内」

以前の記録から魔獣や魔物の種類に違いもなく、出現数も誤差の範囲内だとルディエが報告する。

「じゃあ、次の階層ね」

そうしてどんどん進んで行くが、立ち入り禁止にはしていないので、当然だが、中で冒険者に会うこともある。

「あ、コウヤさん？　うぅぇぇ⁉」

驚きの声を上げる冒険者。すれ違った彼らに手を挙げて挨拶する。

「こんにちは～。お気を付けて～」

「……そっち、クマに注意」

「「「えええええっ⁉」」」

一応、ルディエも忠告していた。だが、既にそこにコウヤ達の姿はない。彼らが見間違いだったかと首を傾げるほど、影も形もなかった。

「今の、コウヤさんだったよな？」

「だった……なんか小さい子連れてた」

「迷子？　じゃないよな？　なんか見ながらだったし……お手伝い？」

「「「なんの？」」」

そんな混乱の中、さっきの忠告が頭をよぎった。

「なあ……さっきあの小さい子何て……」

その時、索敵に引っかかったものが姿を現す。

《グォオォッ》

「「「クマ出たぁぁぁっ！」」」

驚きながらも彼らは戦闘態勢に入った。

彼らの叫び声を遠くで聞いたコウヤとルディエは、それでも振り返ることなく進んでいた。

「だから言ったのに」

「あははっ。ここのクマさん大きいからね」

「ぬいぐるみじゃん」

「うん。可愛いよね」

「……うん」

この迷宮は全六十階層。Bランクパーティ推奨の難易度レベル五段階のうち【レベル3】の迷宮だ。それは攻略に必要なランク設定で、三十階層まではDランクのパーティでも問題ない。

「さっきの人達、Dランクギリギリじゃない？」

「うん。成り立てだね。ついこの間Dランクになった人達だよ」

「この迷宮って、Dからいいんだっけ」

「よく知ってるね。そうだよ。ソロだとCから」

迷宮はパーティ推奨だ。助け合う人がいないと危ないことが多いため、そうなっている。因みに、パーティとして正式に登録できるのはFランクになった者達だけ。
H、Gランクはあくまでも見習い、新人という枠で、その見習い達が集まってもパーティとして認められない。足を引っ張り合うだけになって危険だからだ。誰かに頼り過ぎることを避ける意味もある。まずはソロで自身の力を付けていくことが求められるのだ。

「あの人達、ソロだと？」

「一人Eがいたね。あとはDだから、これ以上は来ないんじゃないかな」

「ふ〜ん……」

三十階層より下はCランクより上のパーティでないと厳しい。ここが丁度境目だった。

「でも、こっから結構人が増えそうだな……」

「そういえば、この辺でここが一番人気だって聞いた」

ユースール付近にある三つの迷宮の中で、この『傀儡の迷宮』は一番攻略しやすいと言われている。しかし、それでもBランクパーティ推奨の高ランクの迷宮だ。国の中央に向かえばFランク推奨の迷宮もある。それを考えると、この辺りの迷宮は難度が高い。

「そうだね。ドロップ品が売りやすいんだ」

「何が出るの？」

「さっきのクマさんだと綿《わた》だね」

「綿……？」

「うん。あ、ほら、あそこにいる貞子《さだこ》さっ……髪長人形《かみながにんぎょう》だと絹糸《きぬいと》だし、中層で出る傀儡騎士《かいらいきし》だと針。狂犬人形《きょうけんにんぎょう》がハサミだね」

「……裁縫道具《さいほう》……？」

浅い階層で出る藁人形からはボタンが出るし、玉ネズミは毛糸。ダルマ蜘蛛はレース糸だ。色や種類が沢山あるので、ドロップ品でそれなりの物を作ろうと思うと、かなりの数を倒さなくてはならない。時折、何もドロップしない時もあるので大変だ。

迷宮には種類がある。『咆哮の迷宮』や『王座の迷宮』は実在する魔獣や魔物が出るのだが、この『傀儡の迷宮』のように、特色を持った迷宮独特の魔物が現れるものもある。もちろん、精霊達は土地の記憶を元に迷宮を作り上げる。『傀儡の迷宮』の場合は大昔、この場所に人形師の大きな屋敷があったのだ。ドロップ品の種類もその影響だった。

「そういうことっ。俺が好きなのは、下層で出てくる紳士《しんし》人形のリボンとか、貴婦人《きふじん》ドールのレースかな。見たこともないすっごい綺麗なやつが出るんだよっ」

「……もしかして兄さん。裁縫道具、ここで集めてる？」

「もちろん！　迷宮産はなんでも品質が良いからねっ」

「……兄さん……迷宮に買い物感覚で来ちゃダメだと思う……」

「そう？」

因みに、この後に行く『書架の迷宮』では、紙や筆記具が手に入るため、コウヤは頻繁に、それこそ買い物感覚で行くのだと言ったら、ルディエは複雑そうな表情を見せていた。

後に、その感覚で行けるのはコウヤくらいだと知ると、少し誇らしげだったというのが彼らしい。

特筆事項⑩　生家に案内しました。

迷宮の高速攻略を終え、報告書も提出した数日後。コウヤはゲンや彼が指導した薬師、騎士達を伴って、生家となる森の屋敷に向かっていた。ゲンのスパルタ気味な指導により、薬師達はようやくスターバブルの精製がなんとかできる段階まで来ていた。

「相当頑張りましたね～」

そう話しながら、コウヤは時折現れる魔獣を軽くいなす。少しだけ弱らせたそれを、訓練として騎士達が討伐していくのを見ていた。

ゲンは呆れた様子で言う。

「それを言うなら、コウヤの方がスパルタだろ……あの騎士達、もう別人じゃねえか……」

「ふふっ。良い顔つきになりましたよねっ」

微笑ましくその成長を見守るように目を向けるコウヤの視線の先では、騎士達だけでなく、ジルファスも交じって一気に狼型の魔獣を殲滅していた。

「相手の動きをよく見ろ！　筋の動きで次の動作を予想しろ！」

「「「「はっ！」」」」

身体強化のタイミングも良く、Bランクの魔獣も複数でではあるが、確実に倒せるようになっていた。

「冒険者だとどれくらいの実力だ？」

「そうですね……大体Bでしょうか。ジルファス様と数人はAも夢じゃないってところです」

「……騎士ってのは平均Cだと聞いたことがあるが？」

「ええ。実際そうでしたよ？　それもギリギリのライン。よくあれで『王座の迷宮』に行こうと思ったな～ってビックリしました」

「……そうかよ……」

時折、コウヤは笑顔で毒を吐く。迷宮を甘く見ていないから言えることだ。冒険者ギルドの職員として、その危険性は理解している。身の丈に合わない場所へは極力行かないことが冒険者の鉄則であり、無謀にも挑もうとする者を止めるのがギルド職員の仕事なのだから。

「薬師の方達も体力がかなり付きましたね」

「そりゃあな。スターバブルみてえに、薬師が直接採取しなけりゃならんものもあるって教えたしな。必要性が分かりゃ、キツくっても前向きに取り組めるってもんだ」

「なるほど。それで鬼ごっこにも参加してたんですね」

「おう。さすがにあの神官らみたいな芸当はできんが、逃げ足だけは自信を持てるくらいにはなっただろうよ」

今後採取に出向くこともあると理解した薬師達は、息抜きと言っては、領兵達と神官とで行われる鬼ごっこにも参加していた。領兵達や神官のように索敵スキルや隠密スキルを鍛えるわけではなく、少しでも体力を付けることが目的だ。

だが、必死で訓練に参加した結果、薬師達もきっちり身体強化のスキルを習得したらしい。ついでに索敵スキルも隠密スキルも生えていた。お陰で今も、騎士達よりも薬師達の方が先に魔獣を捕捉できている。

「なんだか、すごい速いのが来てます！」

「追いつかれますよっ」

「走りますか⁉」

そう言いながらも薬師達は駆け出す準備をしていた。全く抜かりがない。因みに今回、宮廷薬師長はいない。特別に今日は薬の効果を切って教会に置いてきた。今頃はベニに諭されているか、新しく出来上がった孤児院で子ども達と遊んでいることだろう。無害な老人になるのも時間の問題だ。

「あ、丁度良いので俺が相手してきます。ルー君。先にみんなと行ってて」

「分かった」

先頭を行くルディエと、今回護衛を引き受けてくれた白夜部隊の数人が頷き合う。

「コウヤ？　一人でどうするんだ？　そんな強敵が来るのか？」

ジルファスが、一人残ろうとするコウヤへ駆け寄って来る。

「大丈夫ですよ。ハリーくんですから。棟梁に木材の調達をお願いされていたので」

「ハリーくん？　み、見ててもいいか？」

「いいですけど、そんなに面白いものでもないですよ？」

ジルファスは残るらしいと、コウヤはルディエに合図を送り、二人で皆を見送った。
「ダンゴ」
《あい！　でしゅ、主さまっ》
ダンゴはコウヤのポケットから出て来ると、心得たというようにジルファスの頭の上に飛び乗った。
《ハリーくん相手には、位置取りが大事でしゅよっ》
「そうなのか。すまんが頼む」
《任せるでしゅ》
ダンゴにはここ数日ジルファスの護衛を任せていたので、サポートの仕方ももう慣れたものだ。
「パックン。倒した木の回収任せて良い？」
《じゃんじゃん来い(๑◡๑)》
コウヤが走り出す。すると、あちらもコウヤの存在に気付いたらしく、ゴロゴロという振動が地面から伝わるようになった。
「ダンゴくん……ハリーくんってまさか……」
《ジャイアントハリーくんでしゅよ？》
「なっ⁉」
ゴロゴロゴロとコウヤを追いかけて、大きな塊が木をなぎ倒しながら転がって行く。その巨大さにジルファスは息を呑む。ここは魔獣が多く暮らす西の森。だが、まだ浅い場所なので個体の大きさとしては小さい方だ。

ジルファスは捕捉されないように大きな岩の陰へとダンゴに誘導される。万が一のために結界を張って守ってもらっているので無事だが、木が次々と倒れていくその様は恐ろしいものだった。

「っ……あ、あんなの……どうするんだ……っ」

どうやって相手をすればいいんだと、ジルファスは震えていた。

実際、小さい個体であってもジャイアントハリーを倒せる者は少ない。捕捉されればまず逃げ切れないし、隠れられる場所はジャイアントハリーによって消されていくのだ。運良く視界から外れられたとしても、攻撃しようという意欲を失わせてしまう光景が広がる。何よりも、丸まって転がり出したジャイアントハリーの身体硬化状態では、並の刃は通らなかった。対策としては、少々骨が折れることを覚悟して轢《ひ》かれた後、死んだふりをするのがベストだ。

《主さまなら倒せましゅけど、今回の目的はあれでしゅ》

「アレって……木か」

《あい。主さまとしては、敵というよりも良いお手伝いさんなんでしゅよ》

「な……なるほど……」

伊達《だて》にジャイアントハリーを『森の整地屋さん』なんて呼んでいない。因みに、ここの木はとても硬い。西の森の木は魔素の関係で粘りがあり、それらを用途によって使い分けているのだ。しばらくすると、コウヤの気配を見失ったジャイアントハリーは遠ざかって行った。

「お待たせしました～」

「あ、ああ……お疲れ」

「いえいえ。パック～ン。全部回収任せていい？」

《いいよ～》

《先行ってて～ヾ(@╹◡╹)ノ"》

「よろしく～。それじゃあ、行きましょうか」

「……そうだな……」

　パックンは楽しそうに木をどんどん呑み込んでいく。きっと、帰りにここを通る時には、広大な更地を見ることになるだろうと思いながら、ジルファスはコウヤの後を追った。

「いつもこうやって木材を？」

「そうですね。あ、心配しなくても、これくらいの規模なら明日にはドライアドさんが来て植樹していきます。だから森がなくなったりはしません」

「……ドライアドまでいるのか……」

　ドライアドは木の魔物だ。だが、人を襲うようなものではなく、どちらかといえば、森の守り神的な存在だった。そうして補充する者がいなければ、ジャイアントハリーの生息地は丸裸になってしまう。実際に、バランスが崩れて消失した森は多い。

　しかし、森がなくなればジャイアントハリーも生きてはいけない。彼らは暑さに弱かった。森というし少し湿った場所でしか生きられないのだ。そのせいで、森をなくしてしまったジャイアントハリーは死ぬしかないのである。実に難儀《なんぎ》な生態だ。

「ドライアドさんでも手に負えない量の場合は、俺も植樹するんで心配ないですよ？　ハリーくんとはこれからも良い関係を築いていきたいですしね」

「……」

「どうしました？」

言葉をなくしたジルファスの顔をコウヤが覗き込む。その顔には困惑と迷いがあった。

少し考えながら、ジルファスはゆっくりと言葉にしていった。

「いや……コウヤにはこうして自由にできる場所が合っているなと思ってな。改めて、ちょっと反省というか……」

コウヤはこれだけで、ジルファスが何を考えていたのかが分かった。だから、ここはきっちりと言葉にしておくことにする。

「う～ん。そうですねえ。住む場所としては飽きの来ないこの辺境の地は最高だと思ってます。町の人も良い人ばかりですし」

それはジルファスも滞在して分かっていた。真の活気というのはこういうものだと理解した。

「何より……パックンやダンゴをあれだけ自然に受け入れてくれるのは、辺境ならではだと思うんですよね。従魔としてじゃなくて、俺の家族として見てくれます。これって、やっぱり都会では無理なんですよ」

「……そうだな。確かに王都では無理そうだ」

ジルファスも、自分の頭の上に乗るダンゴやパックンが王都に来た場合、周りからどんな目を向けられるのか分からないはずはない。特にダンゴは可愛らしい。きっと色々と面倒な相手に目を付けられるだろう。パックンなどはその中に驚くほど価値の高い物を持っている。盗賊でなくても狙いそうだ。

「ふふ。別に会えなくなるわけではありませんよ？」

「っ……」

コウヤは、ジルファスの心を見透《みす》かすようにそう口にした。ジルファスはもうすぐ王都に帰る。寂しいと思ってくれているのは、コウヤからしてもとても嬉しいことだ。

「王都で暮らすというのは考えられませんけど、たまに遊びに行くくらいはできますからね。なんだか最近、休みを取れってやたらと言われますし」

「っ、本当かっ⁉　あ、でも……コウヤが王都の連中に目を付けられるのは……」

会いに来てくれるのは素直に嬉しいが、それによってコウヤを、ジルファスを邪魔に思っている第二王子派の者達の目に入れるのは避けたかった。

「そうだっ。俺がこっちに遊びに来るっ。こうして鍛えてもらったし、今までより移動も楽になる」

「ダメですよ？　過信してはいけません。それに、そろそろ落ち着いて将来のことを考えないといけない時期ではありませんか？」

「うっ……」

息子が指摘するようなことではないが、多分、騎士達は誰もそれを口にしないだろう。あれらはどちらかといえば脳筋だ。今を全力で生きている人達なのだから。

「ルー君にジルファス様の補佐ができる人を確認してもらうの忘れてたなあ……いいですか、ジルファス様。人は永遠には生きられません。なので、現王様のご病気が治ったとしても、ずっと王様を続けられるわけではないです。寧ろ大変なお仕事をされているのですから、落ち着いた隠居生活ができるように取り計らうのも、息子の役目でしょう」

「……はい……」

いつの間にかコウヤの説教が始まっていた。

「それとも、第二王子に任せるつもりですか？　言っておきますけど、この辺境伯領の平穏を乱すようなことをした場合、俺とルー君だけでなく、ばばさま達も王宮に抗議しに行きますからね？　何なら、この町を国から独立させる気満々ですから」

「っ、そ、それだけは待ってくれっ。ちゃんとするっ。ちゃんと考えるからっ」

「そうしてください」

「はい！」

それからジルファスは黙ってついて来た。色々と考えているようなので、コウヤも声をかけるのを控えることにした。

コウヤの生家に着くと、既にゲン達薬師組はスターバブル精製の実践に入っており、騎士達は白夜部隊と一緒に、家の近場で魔獣を相手とする訓練に出かけていた。

「ここは安全なのか……？」

「ええ。結界できっちりと守られていますからね。家を案内します。その後、昼食の用意をしますから」

「ああ。そのっ……手伝う」

「お願いします」

父子での料理も経験できそうだ。

その日の夜は、そのままここに泊まることになった。予定通りではあるが、予想通りの状態に苦笑するしかない。薬師達も騎士達も、ちょっと調子に乗って頑張り過ぎたのだ。夕食を食べた後、気絶するように彼らは眠ってしまっていた。

「はしゃぎ疲れた子どもみてえだな……」

「ふふ。そういうゲンさんも、疲れた顔してますよ？」

「……俺も寝る」

「はい。おやすみなさい」

丸一日、外で指導をし続けたのだ。ゲンもキツかっただろう。明日の夕刻には町に戻るつもりだ。今日のうちに薬師達は『星の雫』を作れるようになった。明日はこれを使った薬の作製だ。

コウヤは一人、薬師達の作った『星の雫』を確認する。全員が真面目に薬学と向き合ってきたことが分かる出来だった。そこに、ダンゴがふわわっと飛んでやって来て、コウヤの肩に着地する。

《すごく丁寧に頑張った感じがするでしゅ》

「そうだね……」

《迷ってるでしゅか？》

何を、と口にしなくても分かる。

「うん。俺の加護は成功率を高める。けど、それは努力してできないわけじゃない。彼らはようやくスタート地点に立ったようなものだからね……」

薬師達にとって、コウヤの加護は願ってもないものだろう。けれど、コウヤはずっと考えていた。加護を与え過ぎていたから、今のように薬学が衰退してしまったのではないのかと。

「加護でどうにかできてしまうから、本当の努力をしなくなってしまったんだと思うんだ。どれだけ失敗しても、めげずに努力し続けることができなくなったんじゃないかなって……」

《甘やかし過ぎたと思ってるでしゅ？》

「うん。だから、努力することを忘れない人にあげたいんだ」

《……人は変わるでしゅよ？》

そう。人は変わってしまう。何事も、ずっとずっと同じ状態を保つには努力と忍耐が必要だ。休みたくなる時もある。楽な方へ楽な方へと思考が向かうのは、思考を持つ生き物ならば当然のことだ。何より、苦労することから多くの発明が生まれるのだから、これをなくしてはならないだろう。

「それでも、努力を忘れない人もいるんだって信じたいんだよ」

《……主さま……》

「ふふ。分かってる。これはね、ただの俺のワガママっていうか……意地っていうのか……やっぱり、俺達が信じないとね」

《あい……そうでしゅね》

ダンゴは困ったように笑った後、こんなコウヤだから主人としたのだと擦り寄った。

部屋の入り口で、コウヤとダンゴの話を密かに聞いていたルディエが、一度目を伏せて部屋へ戻って行く。

「兄さんらしいや……」

コウヤは魔工神であった時から変わらない。人々の力を信じ、彼らの成長を喜ぶ。加護を与えることで、彼らが努力し成長することを妨げてはいけないと考えたのだ。

「僕の優しくて厳しい神様だからな」

ルディエはこんな、どこか危なっかしい神であるコウヤの神子になれたことを、誇りに思うのだった。

◆　◆　◆

部屋の窓から外を眺めていたジルファスは、コウヤが庭に出て行くのを見て慌てて後を追った。

「コウヤ？　寝ないのか？」

コウヤが平気で徹夜《てつや》をするのを知っているジルファスは、今日もまた眠らないのではないかと気になったのだ。息子であるコウヤにお説教を受けるほど情けない父だと自覚しながらも、こういう時は、と気合いが入っていた。

「ちゃんと寝ますよ。良い風が吹いているようだったので、こういう日は呼ばれているように感じてしまって」

「呼ばれている？」

微笑むコウヤに手招きされ、ジルファスは首を傾げながらも後をついて行く。草が茂っているだけに見える広い庭。だが、ある場所で不意に景色が変わった。

「っ、え⁉　なっ、何が⁉」

振り返ってみるが後ろにある景色は変わらない。だが、前方に広がる景色は見たこともないほど美しいものだった。様々な花が咲き乱れ、月の光を集めたように発光する花や木がある。

「ここは、俺やばばさま達以外の誰かに荒らされないように結界を張っているんです」

「っ……すごい……っ」

清廉《せいれん》な空気。上を見上げれば、光の膜があるのが見えた。ジルファスは直感する。

ここは聖域だ。

「これは……王宮にある聖堂と同じ……」

「そういえば、王宮の地下にあるんですよね。王位継承時や王族の結婚の誓《ちか》いをする時に入る儀式場」

「あ、ああ……そこと同じだ……」

何日も神官達が祈りを捧げ、更に様々な貴重な道具を配置することでようやく実現する聖域結界。神へ誓いの言葉を届けるためだけに作り出す儀式場だ。

「だがあれは……一日も保たないはずだが……」

ジルファスがそう呟いた時、コウヤが立ち止まってしゃがみ込んだ。

「どうし……まさか、それは……墓か……っ」

コウヤが膝をついて見つめる先。そこには、綺麗にカットされた四角い石が横になっていた。石には、そこに眠る人の名が彫られている。

「ファムリアっ、ファムリアの……墓……っ」

「ええ……この聖域結界は、母の体が核となっています。だから、この結界が消える時は、母の体が完全に土に還《かえ》った時です。母さん、連れて来ましたよ。あなたが会いたがっていた人です」

「っ……」

ファムリアが寂しくないように、コウヤやベニ達は世界中から集めた花をこの地に敷き詰めた。聖域となったこの地では、他では育たない貴重な薬草も育つ。それを使って作った薬で人を救えば、聖女として生きたファムリアも喜んでくれるだろう。

ジルファスがコウヤの隣に膝をついて墓石に手を伸ばすと、コウヤが静かに立ち上がる。ジルファスは顔を上げられなかった。溢れ出た涙が地面にシミを作っていたのだ。

「俺は薬草を採ったり、庭の手入れをしてますから、ゆっくりしていてください」

「っ、ああ……」

コウヤにまた気を遣わせてしまったと思いながらも、ジルファスはその場から動くことができなかった。しばらく涙を流しながら墓石を撫で続けたジルファスだったが、落ち着くようにゆっくりと深く息を吐いて冷たい空気を吸い、頭を上げる。

美しい庭だ。

「ファム……すまなかった。俺が弱いから……俺の考えが足りないから……君に会いに来るのがこんなにも遅れてしまった……」

知らないうちに生まれていた息子は、誰にでも自慢できる立派な子になっていた。本当に遅過ぎる。

「父親だと名乗ることさえおこがましいほど、素晴らしい息子を残してくれた君に、お礼を言うことすらできないなんて……」

目を向けた先には、新たに持って来たのか、花の苗を植えるコウヤの姿があった。こうして、ファムリアの墓であるこの庭は、また美しく賑やかに保たれていくのだろう。

「……ありがとう、ファム……きっと君が出会わせてくれたんだろう？　あの時、コウヤに出会わなければ、俺は死んでいたかもしれない……それとも、君は怒っているのかな。だから、会いに来るなと死ぬことを許さなかったのかな……」

その答えは決して返ってはこない。けれど、これだけは分かった。

ファムリアに誇れるような生き方ができてからしか死ねない。

「また君を待たせてしまうね……待っていてくれなんて言う資格は俺にはない。けど、もし許されるなら、最期の時には君を想って逝《い》きたい……コウヤには、怒られるかもしれないけど、俺は君を、心から愛しているから……」

妃となってくれた人を裏切ることではある。だが、それでもこの想いだけは消せない。過去にな

んてしたくない。女々《めめ》しいと思われても仕方がないが、自分に嘘はつけなかった。

「ごめん……」

目の端に、苦笑するコウヤが見えた気がした。

◆　◆　◆

ジルファス達がユースールにやって来て半月。さすがにこれ以上滞在するのは問題だろう。そう感じ出した頃、ようやく薬師達や騎士達はコウヤが設定した予定を全て消化し終えた。

「絶対です！　絶対に戻って来ます‼」

「ゲン師匠！　必ずやり遂げますっ。やり遂げてから戻って来ますので！」

「お願いしますっ。お願いします！」

「……お前らなあ」

見送ろうと門までやって来たゲンの前に、薬師達が土下座していた。戻って来たら、今度こそ正式な弟子として傍に置いてくれと懇願しているのだ。この集団の中に宮廷薬師長であるテルザ・ワイズはいない。未だベニ達の元に留まって更生《こうせい》中だ。後日、送って行く約束をした。

「教官殿っ。休暇の折にはこちらへ伺います！」

「他の騎士には絶対に負けませんっ。それを証明して参ります！」

「日々鍛錬を忘れず、次に来る時にはご期待に沿えるよう努力いたします‼」

「……やめてくれる?」

ルディエの前では、騎士達が綺麗に並んで敬礼《けいれい》している。

コウヤがルディエに彼らの指導をお願いしていたため、いつの間にか教官呼びになっていたのだ。

ルディエは引きつる頬と寄せられた眉を必死でほぐしていた。因みに、コウヤの呼び名は魔神様らしい。ただし呼ぶのも畏《おそ》れ多いとのことで、いつもは『コウヤ様』と呼んでいた。そんなコウヤの前にはジルファスがいる。

「また来るから。その……忘れないでいてくれるか?」

「ふふっ。さすがに忘れませんよ」

「ほ、本当か? また家に行ってもいいか?」

「いいですけど、一人で来てはダメですよ? お仕事もちゃんとして、他に迷惑をかけない状態で来るのが条件です」

「っ、分かった!」

コウヤに必死で訴えるジルファスの手には、どうしても欲しいと言われてコウヤが作った木の箱が大事に抱えられている。中には、コウヤがジルファスやその家族のために作った、各種の薬が入っている。いわゆる薬箱だった。先ほどから、少し離れた所でタリスがそれをじっと見つめていた。その足下にはパックンとダンゴがいる。

「ねえ、パックンちゃん……あのパックンちゃんみたいな箱、何? 後ろのところに、すっごい彫刻が見えるんだけど……あれ、コウヤちゃんの家の門の絵と同じじゃない?」

ジルファスは、ファムリアの墓参りをしてから今日までの数日、コウヤの家に泊まっていた。当然、龍と虎が彫られたあの門も見ている。

《気に入ったんだって（｡・ω・｡）》

「……あのスッゴイ門？」

《謁見の間の扉にも彫りたいとか言ってたでしゅ》

「……まさか見本にするんじゃ……」

カッコいいけど、アレはないとタリスも思う。その斜め前には、さっきから必死に目を泳がせているレンスフィートがいた。

「取り上げることなどできんし……何よりあれは見事だ。パックンに似せて作ったのも良い。家にも是非一つ……いや、だが……っ」

数年後には、本当に謁見の間の扉が新調されていそうで戦々恐々《せんせんきょうきょう》としていた。悪いデザインではないと思うが、あれではもう迷宮の門と同じになってしまいそうだ。

じっと見つめていたタリスは不意に頷く。

「いかにもラスボスが待ち受けてそうな謁見の間かあ……あれ？　なんかすっごく合う気がしてきたっ」

《お城っぽくていいよね！（๑╹ω╹๑）》

コウヤなら、「それって『魔王の城』かな？」と言うだろう。コウヤもちょっとどうかと思っている。

「うんうん。でも多分、あれ彫るのは、コウヤちゃんかジンクとかいう彫りもの師の人……あとは、ドラム組の棟梁くらいの腕がないと無理じゃない？」

《でしゅ！》

これを聞いたレンスフィートはほっとした。

「そ、そうか……なら、ジンク殿はともかく、コウヤと棟梁が王都に行かなければ大丈夫だな」

「……」

隣で黙って立っているヘルヴェルスは、心の中で『それを阻止するのは不可能だろうな……』と遠い所を見ている。そうこうしている間に、お別れの時が来た。

「それでは、お世話になりました」

ジルファスを先頭にして、薬師達や騎士達がレンスフィートへ頭を下げる。

「道中、お気を付けて」

「ありがとうございます。護衛まで付けていただいて」

「いや、彼らは私の配下ではありませんのでね……」

護衛とは、男女二人の神官のことだ。

「我らのことはお気になさらず、勝手に守って勝手に補佐をするだけのことです」

「こちらで得た成果を確認し、結果を見届けるためですので」

コウヤがお膳立《ぜんだ》てして、ルディエが協力したことの結果を確認するのは、彼らにとっては当たり前のこと。全てを見届けて報告するのも義務だと思っているらしい。そんな彼らは、コウヤとルディエの前に跪《ひざまず》き、胸に片手を当てて告げた。このユースールにある教会の神官服は普通のものではないので、どこぞの騎士に見える。

「それではコウヤ様、ルディエ様、行って参ります」

「必ずや、成功に導いてご覧に入れますので、心安くお待ちくださいませ」

その様は、騎士達が王から出陣の命を受ける時に似ている。それよりももっと神聖で、尊い姿だった。これにコウヤとルディエが対照的な様子で応える。

「無理しないでくださいね？　段取りの確認はしたので大丈夫だとは思いますが、迷宮のこともあります。充分に注意してください」

「失敗なんて許さないから」

「「はっ！」」

彼らに用意した馬は、コウヤ謹製《きんせい》のゴーレムの馬だ。真っ黒なその馬は、凛々《りり》しい様を見せている。動く時の筋肉の動きや、脈打つように時折トクンと動く体。ジルファス達はゴーレムだと知らなかった。食事も要らず、休憩の必要もなく走り続けることのできるこの馬のことを、二人もわざわざ教える気はないらしい。

軽やかに先頭で馬に乗り、神官達二人が声を上げる。

「騎乗！」

「出立《しゅったつ》！」

ビシッとそれに騎士達が続き、進み出す。それを小さくなるまで見送ってから、タリスがもっともな疑問をこぼした。

「……なんで神官さんが指揮執ってるの？」

「「「……」」」

コウヤとルディエ以外はもう、空を見上げていた。『青いなあ』といっそ清々《すがすが》しいほどの惚《ほう》けっぷりだ。

「なんででしょうね？　あ、でもこの後直接『王座の迷宮』に向かって、薬作りを始めますし、慣れるまでそれの指揮はお願いしました」

「コウヤ兄さんが指名してるのに、他の騎士が出張るわけないよ」

「そうなの？　隊長さん、気を悪くしないといいんだけど」

「大丈夫でしょ」

「「「大丈夫だと思う」」」

この場の誰もが頷き、納得したのだった。

貴族家三男の
成り上がりライフ
生まれてすぐに
人外認定された少年は
異世界を満喫する
僕の異世界ライフを
邪魔するなら、
おバカな貴族も
神に逆らう悪魔も
断罪してあげますよ？
美原風香
Fuka Mihara

貴族家三男の
成り上がりライフ
美原風香
Fuka Mihara
僕の異世界ライフを邪魔するなら、
おバカな貴族も神に逆らう悪魔も
断罪してあげますよ？
女神の加護を受けた貴族家三男の勝手気ままな成り上がりファンタジー！

【創造魔法】を覚えて、万能で最強になりました。
sozomaho wo oboete banno de saikyo ni narimashita.
クラスから追放した奴らは、そこらへんの草でも食ってろ！
Author
久乃川あずき
Kunokawa Azuki
アルファポリス第1回次世代ファンタジーカップ「面白スキル賞」受賞作！
役立たずにやる食料は無いと追い出されたけど――
なんでもできる【創造魔法】を手に入れて、
快適異世界ライフ！
七池高校二年A組の生徒たちが、校舎ごと異世界に転移して三か月。役立たずと言われクラスから追放されてしまった水沢優樹は、偶然、今は亡き英雄アコロンが生み出した【創造魔法】を手に入れる。それは、超強力な呪文からハンバーガーまで、あらゆるものを具現化できる桁外れの力だった。ひもじい思いと危険なモンスターに悩まされながらも元の校舎にしがみつく「元」クラスメイト達をしり目に、優樹は異世界をたくましく生き抜いていく――
●定価：1320円（10%税込）●ISBN:978-4-434-29623-9 ●Illustration：東上文

本書は Web サイト「アルファポリス」(https://www.alphapolis.co.jp/)に投稿されたものを、
改稿、加筆のうえ、書籍化したものです。

元邪神《もとじゃしん》って本当《ほんとう》ですか!? 3
～万能《ばんのう》ギルド職員《しょくいん》の業務《ぎょうむ》日誌《にっし》～

紫南（しなん）

2021年　12月　31日初版発行

編集－矢澤達也・宮田可南子
編集長－太田鉄平
発行者－梶本雄介
発行所－株式会社アルファポリス
〒150-6008 東京都渋谷区恵比寿4-20-3 恵比寿ガーデンプレイスタワー8F
TEL 03-6277-1601（営業）　03-6277-1602（編集）
URL https://www.alphapolis.co.jp/
発売元－株式会社星雲社（共同出版社・流通責任出版社）
〒112-0005 東京都文京区水道1-3-30
TEL 03-3868-3275
装丁・本文イラスト－riritto
装丁デザイン－AFTERGLOW
印刷－図書印刷株式会社

価格はカバーに表示されてあります。
落丁乱丁の場合はアルファポリスまでご連絡ください。
送料は小社負担でお取り替えします。

ISBN978-4-434-29627-7　C0093